· 语文阅读推荐丛书 ·

唐宋词简释

唐圭璋／选释

人民文学出版社

图书在版编目（CIP）数据

唐宋词简释 / 唐圭璋选释. —北京：人民文学出版社，2018
（2020.8 重印）
（语文阅读推荐丛书）
ISBN 978-7-02-013785-5

I. ①唐… II. ①唐… III. ①唐宋词—注释 IV. ①I222.84

中国版本图书馆 CIP 数据核字（2020）第 137522 号

责任编辑　胡文骏
装帧设计　李思安　崔欣晔
责任印制　任　祎

出版发行　人民文学出版社
社　　址　北京市朝内大街 166 号
邮政编码　100705
网　　址　http：//www.rw-cn.com

印　　刷　三河市鑫金马印装有限公司
经　　销　全国新华书店等

字　　数　184 千字
开　　本　650 毫米×920 毫米　1/16
印　　张　17.25　插页 1
印　　数　37001—38000
版　　次　2010 年 4 月北京第 1 版
印　　次　2020 年 8 月第 5 次印刷

书　　号　978-7-02-013785-5
定　　价　28.00 元

如有印装质量问题，请与本社图书销售中心调换。电话：010-65233595

目　次

导读 ·· *1*

李　白　二首

　菩萨蛮(平林漠漠烟如织) ·· *1*

　忆秦娥(箫声咽) ··· *2*

温庭筠　十首

　菩萨蛮(小山重叠金明灭) ·· *3*

　前调(杏花含露团香雪) ·· *4*

　前调(玉楼明月长相忆) ·· *5*

　前调(宝函钿雀金鸂鶒) ·· *6*

　更漏子(玉炉香) ··· *7*

　南歌子(倭堕低梳髻) ··· *8*

　前调(懒拂鸳鸯枕) ·· *9*

　梦江南(千万恨) ··· *10*

　前调(梳洗罢) ·· *11*

　河传(湖上) ··· *12*

皇甫松　二首

　梦江南(兰烬落) ··· *13*

前调(楼上寝)…………………………………… 14

韦　庄　九首

　　菩萨蛮(红楼别夜堪惆怅)…………………… 15
　　前调(人人尽说江南好)……………………… 16
　　前调(如今却忆江南乐)……………………… 17
　　前调(洛阳城里春光好)……………………… 18
　　浣溪沙(夜夜相思更漏残)…………………… 19
　　应天长(绿槐阴里黄莺语)…………………… 20
　　荷叶杯(记得那年花下)……………………… 21
　　女冠子(四月十七)…………………………… 22
　　前调(昨夜夜半)……………………………… 23

薛昭蕴　一首

　　谒金门(春满院)……………………………… 24

牛　峤　二首

　　菩萨蛮(舞裙香暖金泥凤)…………………… 25
　　西溪子(捍拨双盘金凤)……………………… 26

牛希济　一首

　　生查子(春山烟欲收)………………………… 27

欧阳炯　一首

　　三字令(春欲尽)……………………………… 28

顾　敻　一首

　　荷叶杯(一去又乖期信)……………………… 29

孙光宪　一首

　　谒金门(留不得)……………………………… 30

鹿虔扆　一首
　　临江仙（金锁重门荒苑静）…………………… 31

李　璟　二首
　　浣溪沙（手卷真珠上玉钩）…………………… 32
　　前调（菡萏香销翠叶残）……………………… 33

李　煜　十九首
　　一斛珠（晓妆初过）…………………………… 34
　　浣溪沙（红日已高三丈透）…………………… 35
　　玉楼春（晚妆初了明肌雪）…………………… 36
　　菩萨蛮（花明月暗笼轻雾）…………………… 37
　　望江南（闲梦远）……………………………… 38
　　前调（闲梦远）………………………………… 39
　　清平乐（别来春半）…………………………… 40
　　乌夜啼（昨夜风兼雨）………………………… 41
　　望江南（多少恨）……………………………… 42
　　前调（多少泪）………………………………… 43
　　破阵子（四十年来家国）……………………… 44
　　捣练子（深院静）……………………………… 45
　　相见欢（无言独上西楼）……………………… 46
　　前调（林花谢了春红）………………………… 47
　　虞美人（风回小院庭芜绿）…………………… 48
　　子夜歌（人生愁恨何能免）…………………… 49
　　浪淘沙（往事只堪哀）………………………… 50
　　虞美人（春花秋月何时了）…………………… 51
　　浪淘沙（帘外雨潺潺）………………………… 52

3

冯延巳　四首

　　采桑子(花前失却游春侣) ……………………… 53

　　喜迁莺(宿莺啼) …………………………………… 54

　　清平乐(雨晴烟晚) ………………………………… 55

　　三台令(南浦) ……………………………………… 56

范仲淹　三首

　　苏幕遮(碧云天) …………………………………… 57

　　渔家傲(塞下秋来风景异) ………………………… 58

　　御街行(纷纷坠叶飘香砌) ………………………… 59

张　先　三首

　　天仙子(水调数声持酒听) ………………………… 60

　　青门引(乍暖还轻冷) ……………………………… 61

　　渔家傲(巴子城头青草暮) ………………………… 62

晏　殊　八首

　　浣溪沙(一曲新词酒一杯) ………………………… 63

　　前调(一向年光有限身) …………………………… 64

　　清平乐(红笺小字) ………………………………… 65

　　前调(金风细细) …………………………………… 66

　　木兰花(绿杨芳草长亭路) ………………………… 67

　　踏莎行(祖席离歌) ………………………………… 68

　　前调(小径红稀) …………………………………… 69

　　浣溪沙(小阁重帘有燕过) ………………………… 70

韩　缜　一首

　　凤箫吟(锁离愁) …………………………………… 71

宋祁 一首

　　木兰花（东城渐觉风光好）……………………… 72

欧阳修 十首

　　采桑子（群芳过后西湖好）……………………… 73
　　踏莎行（候馆梅残）……………………………… 74
　　蝶恋花（六曲阑干偎碧树）……………………… 75
　　前调（庭院深深深几许）………………………… 76
　　前调（谁道闲情抛弃久）………………………… 77
　　前调（几日行云何处去）………………………… 78
　　木兰花（别后不知君远近）……………………… 79
　　浣溪沙（湖上朱桥响画轮）……………………… 80
　　前调（堤上游人逐画船）………………………… 81
　　少年游（阑干十二独凭春）……………………… 82

柳永 七首

　　雨霖铃（寒蝉凄切）……………………………… 83
　　蝶恋花（伫倚危楼风细细）……………………… 84
　　采莲令（月华收）………………………………… 85
　　倾杯（鹜落霜洲）………………………………… 86
　　夜半乐（冻云黯淡天气）………………………… 87
　　玉蝴蝶（望处雨收云断）………………………… 88
　　八声甘州（对潇潇暮雨洒江天）………………… 89

王安石 一首

　　桂枝香（登临送目）……………………………… 90

王安国 一首

　　清平乐（留春不住）……………………………… 91

晏几道　九首

　　临江仙（梦后楼台高锁）………………………… 92
　　蝶恋花（梦入江南烟水路）……………………… 93
　　前调（醉别西楼醒不记）………………………… 94
　　鹧鸪天（彩袖殷勤捧玉钟）……………………… 95
　　木兰花（东风又作无情计）……………………… 96
　　阮郎归（旧香残粉似当初）……………………… 97
　　前调（天边金掌露成霜）………………………… 98
　　虞美人（曲阑干外天如水）……………………… 99
　　思远人（红叶黄花秋意晚）……………………… 100

苏　轼　十首

　　水调歌头（明月几时有）………………………… 101
　　水龙吟（似花还似非花）………………………… 103
　　永遇乐（明月如霜）……………………………… 104
　　洞仙歌（冰肌玉骨）……………………………… 105
　　卜算子（缺月挂疏桐）…………………………… 107
　　青玉案（三年枕上吴中路）……………………… 108
　　江城子（十年生死两茫茫）……………………… 109
　　南乡子（回首乱山横）…………………………… 110
　　念奴娇（大江东去）……………………………… 111
　　贺新郎（乳燕飞华屋）…………………………… 112

秦　观　八首

　　望海潮（梅英疏淡）……………………………… 113
　　八六子（倚危亭）………………………………… 115
　　满庭芳（山抹微云）……………………………… 116

前调(晓色云开)…………………………………… 117

　　减字木兰花(天涯旧恨)……………………………… 118

　　浣溪沙(漠漠轻寒上小楼)…………………………… 119

　　阮郎归(湘天风雨破寒初)…………………………… 120

　　踏莎行(雾失楼台)…………………………………… 121

赵令畤　二首

　　蝶恋花(欲减罗衣寒未去)…………………………… 122

　　前调(卷絮风头寒欲尽)……………………………… 123

舒　亶　一首

　　虞美人(芙蓉落尽天涵水)…………………………… 124

朱　服　一首

　　渔家傲(小雨纤纤风细细)…………………………… 125

毛　滂　一首

　　惜分飞(泪湿阑干花著露)…………………………… 126

陈　克　一首

　　菩萨蛮(绿芜墙绕青苔院)…………………………… 127

张舜民　一首

　　卖花声(木叶下君山)………………………………… 128

李之仪　一首

　　卜算子(我住长江头)………………………………… 129

贺　铸　六首

　　青玉案(凌波不过横塘路)…………………………… 130

　　浣溪沙(云母窗前歇绣针)…………………………… 131

　　前调(楼角初消一缕霞)……………………………… 132

　　石州慢(薄雨收寒)…………………………………… 133

天香(烟络横林) …………………………………… *134*

望湘人(厌莺声到枕) ………………………………… *135*

周邦彦　十六首

瑞龙吟(章台路) ……………………………………… *136*

风流子(新绿小池塘) ………………………………… *138*

兰陵王(柳阴直) ……………………………………… *139*

琐窗寒(暗柳啼鸦) …………………………………… *140*

六丑(正单衣试酒) …………………………………… *141*

夜飞鹊(河桥送人处) ………………………………… *143*

满庭芳(风老莺雏) …………………………………… *144*

大酺(对宿烟收) ……………………………………… *145*

蝶恋花(月皎惊乌栖不定) …………………………… *146*

解连环(怨怀无托) …………………………………… *147*

拜星月慢(夜色催更) ………………………………… *148*

关河令(秋阴时晴渐向暝) …………………………… *149*

尉迟杯(隋堤路) ……………………………………… *150*

西河(佳丽地) ………………………………………… *151*

瑞鹤仙(悄郊原带郭) ………………………………… *152*

浪淘沙慢(晓阴重) …………………………………… *153*

叶梦得　二首

贺新郎(睡起流莺语) ………………………………… *154*

虞美人(落花已作风前舞) …………………………… *155*

李清照　四首

凤凰台上忆吹箫(香冷金猊) ………………………… *156*

醉花阴(薄雾浓云愁永昼) …………………………… *157*

声声慢(寻寻觅觅) …… 158
念奴娇(萧条庭院) …… 159

赵　佶　一首
燕山亭(裁剪冰绡) …… 160

陈与义　二首
临江仙(高咏楚词酬午日) …… 161
前调(忆昔午桥桥上饮) …… 162

周紫芝　二首
鹧鸪天(一点残红欲尽时) …… 163
踏莎行(情似游丝) …… 164

徐　伸　一首
二郎神(闷来弹鹊) …… 165

李　玉　一首
贺新郎(篆缕消金鼎) …… 166

鲁逸仲　一首
南浦(风悲画角) …… 167

岳　飞　一首
满江红(怒发冲冠) …… 168

张　抡　一首
烛影摇红(双阙中天) …… 169

张孝祥　二首
六州歌头(长淮望断) …… 170
念奴娇(洞庭青草) …… 171

韩元吉　一首
好事近(凝碧旧池头) …… 172

袁去华　二首

剑器近(夜来雨)…………………………………………… *173*

安公子(弱柳千丝缕)……………………………………… *174*

陆　淞　一首

瑞鹤仙(脸霞红印枕)……………………………………… *175*

陆　游　一首

卜算子(驿外断桥边)……………………………………… *176*

陈　亮　一首

水龙吟(闹花深处层楼)…………………………………… *177*

辛弃疾　七首

贺新郎(绿树听鹈鴂)……………………………………… *178*

念奴娇(野棠花落)………………………………………… *180*

水龙吟(楚天千里清秋)…………………………………… *181*

摸鱼儿(更能消)…………………………………………… *182*

永遇乐(千古江山)………………………………………… *183*

祝英台近(宝钗分)………………………………………… *184*

菩萨蛮(郁孤台下清江水)………………………………… *185*

姜　夔　十四首

点绛唇(燕雁无心)………………………………………… *186*

鹧鸪天(肥水东流无尽期)………………………………… *187*

踏莎行(燕燕轻盈)………………………………………… *188*

庆宫春(双桨莼波)………………………………………… *189*

齐天乐(庾郎先自吟愁赋)………………………………… *191*

琵琶仙(双桨来时)………………………………………… *193*

八归(芳莲坠粉)…………………………………………… *194*

念奴娇(闹红一舸) ……………………………… *195*
　　扬州慢(淮左名都) ……………………………… *196*
　　长亭怨慢(渐吹尽) ……………………………… *198*
　　淡黄柳(空城晓角) ……………………………… *199*
　　暗香(旧时月色) ………………………………… *200*
　　疏影(苔枝缀玉) ………………………………… *202*
　　翠楼吟(月冷龙沙) ……………………………… *203*

章良能　一首
　　小重山(柳暗花明春事深) ……………………… *204*

刘　过　一首
　　唐多令(芦叶满汀洲) …………………………… *205*

俞国宝　一首
　　风入松(一春长费买花钱) ……………………… *206*

史达祖　四首
　　绮罗香(做冷欺花) ……………………………… *207*
　　双双燕(过春社了) ……………………………… *208*
　　三姝媚(烟光摇缥瓦) …………………………… *209*
　　八归(秋江带雨) ………………………………… *210*

刘克庄　一首
　　木兰花(年年跃马长安市) ……………………… *211*

潘　牥　一首
　　南乡子(生怕倚阑干) …………………………… *212*

吴文英　十一首
　　夜合花(柳暝河桥) ……………………………… *213*
　　霜叶飞(断烟离绪) ……………………………… *214*

浣溪沙（门隔花深梦旧游）················ 216

点绛唇（卷尽愁云）···················· 217

祝英台近（采幽香）···················· 218

前调（剪红情）······················ 219

澡兰香（盘丝系腕）···················· 220

风入松（听风听雨过清明）················· 221

莺啼序（残寒正欺病酒）·················· 222

八声甘州（渺空烟四远）·················· 224

踏莎行（润玉笼绡）···················· 225

黄孝迈　一首

湘春夜月（近清明）···················· 226

无名氏　一首

青玉案（年年社日停针线）················· 227

刘辰翁　二首

兰陵王（送春去）····················· 228

宝鼎现（红妆春骑）···················· 229

周　密　四首

高阳台（照野旌旗）···················· 230

玉京秋（烟水阔）····················· 231

曲游春（禁苑东风外）··················· 232

花犯（楚江湄）······················ 233

蒋　捷　二首

贺新郎（梦冷黄金屋）··················· 234

女冠子（蕙花香也）···················· 235

张　炎　五首

　　高阳台(接叶巢莺)……………………………… 236
　　渡江云(山空天入海)…………………………… 237
　　八声甘州(记玉关踏雪事清游)………………… 238
　　解连环(楚江空晚)……………………………… 239
　　月下笛(万里孤云)……………………………… 240

王沂孙　四首

　　天香(孤峤蟠烟)………………………………… 241
　　眉妩(渐新痕悬柳)……………………………… 242
　　齐天乐(一襟馀恨宫魂断)……………………… 243
　　长亭怨慢(泛孤艇)……………………………… 244

后记 ……………………………………………………… 245

知识链接 ………………………………………………… 246

导 读

  《唐宋词简释》，是著名词学家唐圭璋先生的词学著作。

  词学著作可分为三大类。一类是词集，包括词的总集、别集、选集、词谱等；一类是对于作家作品的研究，例如《词史》、《词学概论》一类的研究著作；第三类介于上两类之间，例如我们要阅读的《唐宋词简释》，既是唐宋词作的选集，也是对于所选作品的阐释研究。这一类的词学著作，有选注本、笺评本、简释本等。简释本的特点，是对词作不加专门的语词注释，而是在词作后的"简释"中，在主要讲解阐释词作的意境、结构和艺术特征的同时，顺便串讲一下个别语词。所以，这一类的著作，可能需要读者使用辞典等工具书，先理解词作中的各个语词的意思，然后再结合词作下面的"简释"，进一步了解作品的内容和艺术特征。

  唐圭璋先生的《唐宋词简释》，就属于这第三类词学著作。从书名我们就可以知道，书中所选的是唐宋时期的词作。全书收录唐代李白、温庭筠、皇甫松3人，从韦庄到冯延巳等五代、南唐11人，北宋范仲淹等22人，南宋叶梦得等31人，计67人232

首词,是一个比较全面反映唐宋词概貌的选释本。

词体的首要特征,是具有"音乐性"。早期的词体,实际上就是当时的"歌曲"。歌曲有"乐谱"和"歌词"两个要素。每一种词乐谱,叫做"词调",词调有一个固定的名称,叫做"词牌",例如"菩萨蛮"、"清平乐"等。词作者一般根据词调的乐谱旋律和格律来填写歌词,因此把作词叫做"填词"。词牌最早可能就是这首词的题目,概括这首词的内容,例如李白的〔忆秦娥〕(本书第2页,以下仅标注页码),写的就是"忆念秦娥";但后来的词作者再根据词调来填词时,所填内容就不一定与原先的题目(词牌)有关了,例如李白的《菩萨蛮》(第1页),写的是"望远怀人",而与"菩萨蛮"的原意没有任何关系了。由于原先充当题目的词牌到了后来不再有"题目"的功能,因此,宋代的词在词牌下面,有时会有一个"小序",这个小序一般用来说明这首词写作的背景或内容,因此,小序在许多场合就承担了"题目"的功能。例如,苏轼〔江城子〕(第109页),小序是"乙卯正月二十日夜记梦",这个小序有时间、人物和事件,完整地记述了苏轼这天夜里梦见亡妻一事,说明这首词的写作背景和来由。

词调有长有短。短的一般叫做"小令",较长的叫做"中调"、"长调"。就所填词文来说,最短的小令是〔十六字令〕,只有16个字,最长的是〔莺啼序〕,有240个字。一般的词,在七八十个字到一百字左右。例如常见的〔念奴娇〕,就是一百个字。

歌曲在结构上的特点,是重复演唱一段旋律乐句。现当代的歌曲,一般是三段,三段的乐谱基本相同,与其相配的三段歌词,每一段结构上也大同小异,而每段歌词的文本,则有很大的不同。唐宋词与现当代歌曲一样,也分段。词体的一段叫做"阕"或"片"。与现当代歌曲不一样的地方是,唐宋词的音乐结构一般只有两段,乐曲只重复一次,即大多数的词调分为上下两片(阕);只有少数较短的词调不分片,而较长的一些词调则分为三片,极少数词调分为四片。在词体文本排版时,片与片之间一般空两格,表示分片。

据《康熙词谱》统计,唐宋词大约使用了800多个"词调",其中多数分为上下两片;分为上下两片的词调,多数又是上下基本对称的,只是在下片开头的地方,变换一下字数和句法结构。这一下片开头与上片开头相比较有所变化的现象,叫做"换头"。例如,晏几道〔阮郎归〕(第97页):

　　旧香残粉似当初。人情恨不如。一春犹有数行书。秋来书更疏。　　衾凤冷,枕鸳孤。愁肠待酒舒。梦魂纵有也成虚。那堪和梦无。

我们可以看到,〔阮郎归〕这个词调,上下片是基本对称的,只是开头部分,上片是一个七字韵句,但到了下片,则换成了包含两个三字句的一个韵句,这就叫做"换头"。换头的地方,一般是全词结构的转折处,是理解词体结构的关键点。

词体的结构,可以分为四个层次:阕(片)、韵句、句、顿。以张孝祥〔念奴娇〕(第171页)为例:

　　洞庭青草,近中秋、更无一点风色。玉鉴琼田三万顷,著我扁舟一叶。素月分辉,明河共影,表里俱澄澈。悠然心会,妙处难与君说。　　应念岭表经年,孤光自照,肝胆皆冰雪。短发萧骚襟袖冷,稳泛沧浪空阔。尽吸西江,细斟北斗,万象为宾客。扣舷独笑,不知今夕何夕。

我们可以看到,这首词分为上下两片,分片的地方,有两个空格。这是第一个层次。上下片各有4个"韵句",每个韵句都以句号结尾。这是第二个层次。各个韵句可能分为2句或3句,例如:"玉鉴琼田三万顷,著我扁舟一叶。"这个韵句分为两句,用逗号隔开。"素月分辉,明河共影,表里俱澄澈。"分为3句,用两个逗号隔开。这是第三个层次。"句"可能还会分为"顿",用顿号。例如,"近中秋、更无一点风色"这一句,分为"近中秋"和"更无一点风色"两个部分,读的时候,"近中秋"三字要稍微停顿一下,在文本上,"近中秋"后面要加上一个顿号,表示停顿。这是第四个层次。这个"顿",在古代词学和词谱中,叫做"逗"或"读"。需要注意的是,古代所说的"逗"或"读",不是今天的逗号,而是今天的"顿号";今天我们所说的"韵句"和"句",在古代词学和词谱中,则分别叫做"韵"和"句",这两个术语,古今基本上是一样的。

另一个需要注意的是,在新式标点符号流行后,对于词文的标点,有两种方法:第一种方法,是按照现代汉语的标点符号用法,将词文看作是普通文本,按文意使用句、逗等符号;第二种方法,是唐圭璋先生在编纂新版《全宋词》时,所创造的"按律标点"法,即严格按词谱的格律标点,韵句用句号,非韵句用逗号,停顿处(即《康熙词谱》等所说的"读〔逗〕")用顿号,而且只用这三种符号,不用现代标点符号系统中的问号、感叹号、分号等。这两种方法在有的时候,标点是一致的。例如,我们上面所举的张孝祥〔念奴娇〕,不论用第一种普通标点法,还是用第二种"按律标点"法,其结果都是一样的。但是,在许多情况下,这两种

方法的标点却是有差异的。例如,李白〔菩萨蛮〕,如果用第二种"按律标点"法,是这样标点的:

> 平林漠漠烟如织。寒山一带伤心碧。暝色入高楼。有人楼上愁。　玉阶空伫立。宿鸟归飞急。何处是归程。长亭更短亭。

但如果用第一种普通标点法,就是这样的:

> 平林漠漠烟如织,寒山一带伤心碧。暝色入高楼,有人楼上愁。　玉阶空伫立,宿鸟归飞急。何处是归程,长亭更短亭。

可以看到,〔菩萨蛮〕是句句押韵的,所以,按照词律来标点,每句都标句号,如果按文意来标点,则每一复句的第一句之后,就可以标上逗号。按律标点的好处是,读者能够清楚地看出词的韵、句、顿,直观地了解某一调的格律结构。而且,一般来说,凡是用韵的地方,即便按照文意,点逗号当然可以,但点上句号也未尝不可。因此,我们认为,如果需要为词文加标点,还是用这种"按律标点"的方法比较妥当。《唐宋词简释》正是这样标点的。

我们读词,首先应该注意这首词是否分片,分了几片,每片之间文意的关联或转折;其次,是注意每片分成几个韵句,各韵句间在内容上有什么联系,情感上有什么进展或变化;再次,当然是要理解每一句的意思或用法,体会每个语词的含义及作用。在充分理解全词大意的基础上,通过默读、朗诵、吟咏词文,来更深一层地体验其格律声情之美,并通过词体的结构和语词,从意义层面上理解作者的原意。当然,要读懂古代的词作,还是有一定难度的,而《唐宋词简释》正起到了释疑解惑的向导作用。

《唐宋词简释》的这一向导作用,主要是从"结构"与"艺术特征"两个方面来实现的。例如,秦观〔浣溪沙〕(第119页):

> 漠漠轻寒上小楼。晓阴无赖似穷秋。淡烟流水画屏幽。　自在飞花轻似梦,无边丝雨细如愁。宝帘闲挂小银钩。

《唐宋词简释》解释说:

> 此首,景中见情,轻灵异常。上片起言登楼,次怨晓阴,末述幽境。下片两对句,写花轻雨细,境更微妙。"宝帘"一句,唤醒全篇。盖有此一句,则帘外之愁境及帘内之愁人,皆分明矣。

这首词的简释,即是以"结构"为线索,串讲其"艺术特征"。"景中见情,轻灵异常",概括全首的艺术特征。然后依结构顺序,分释上下两片。"上片起言登楼,次怨晓阴,末述幽境",解释上片三句的内容特征;"下片两对句,写花轻雨细,境更微妙",解释下片前两句;"'宝帘'一句,唤醒全篇。盖有此一句,则帘外之愁境及帘内之愁人,皆分明矣",再点明结束一句在结构上的作用。可以看出,《唐宋词简释》对于这首词的解释,着重于两点,一是"起"和"结",一是"景中见情"的艺术特征。

我们知道,唐宋词有二万多首,要从这二万多首中选出具有一定代表性的作品,就一定要一个比较严格的"标准"。这一标准,可以是时间上、空间上的某一个区域,也可以是"审美理想"。《唐宋词简释》是以"拙重大"这一审美理想为选词标准的。

什么是"拙重大"呢？这要从词体的历史发展说起。唐代的词，主要的有两大派别，一是署名李白的〔菩萨蛮〕、〔忆秦娥〕等词作，这些词立意高远，沉重悲壮；一是张志和、白居易等人的小词，风格清新，意境轻柔。到了晚唐、五代、南唐时期，词体主要有三种风格特征：一是以温庭筠为代表的"精工艳丽"词风，一是以韦庄为代表的"清新婉丽"词风，一是以南唐二主为代表的"白描"词风。前两类作者的作品，大多被收入《花间集》中，因此这两类词又合称为"花间词风"。到了北宋，在花间词风和南唐二主的基础上，发展为风格各异、百花齐放的繁荣局面。到了南宋，姜夔创造了"清空"的新词风，张炎《词源》总结前代的词学发展，提出了"雅正清空"的审美理想。到了清初，朱彝尊、厉鹗等词人，继承姜夔、张炎的创作实践和词学理论，创立了"浙西派"。到了清代中期，张惠言、周济等词学家，一反浙西派的"清空"，创立"常州派"，提倡"浑厚"的审美风格，主张词要有寄托，要在词这种文体中也恢复"风雅比兴"的传统。常州派风行了一百多年，到了清末，况周颐《蕙风词话》在常州派词学理论的基础上，提出"拙重大"的论词选词标准。唐圭璋先生曾跟从常州派词学家"端木埰—仇埰—吴梅"一系学词，也是常州派词学的传人。《唐宋词简释》正是用况周颐的"拙重大"的标准来选择词、解释词的。

所谓"拙"，就是讲求自然而然，不刻意追求技巧；所谓"重"，就是沉着稳重，立意方面深沉厚重，有所寄托，有所比兴，字句上稳妥响亮，有了"拙"、"重"，"大"也就在其中了。"拙重大"，就是在纷繁复杂的历代词作中，选择出可以解释为自然浑成、立意高远、风格沉着的作品，这些作品并不刻意追求小巧纤丽雕琢,也就是说,并不追求语词字面上的轻巧艳丽,而追求结构上的浑然一体、内容及表达上的比兴寄托、语言风格上的沉郁顿挫。也就是说,要把一贯被认为是"轻小巧艳"的词体,作为一种具有历史厚重感的诗歌来创作、解读和欣赏。按照这一审美标准,李白的〔菩萨蛮〕、〔忆秦娥〕等作品,正可作为"拙重大"的标本。

朱崇才

李　白

菩萨蛮

平林漠漠烟如织。寒山一带伤心碧。暝色入高楼。有人楼上愁。　　玉阶空伫立。宿鸟归飞急。何处是归程。长亭更短亭。

　　此首望远怀人之词,寓情于境界之中。一起写平林寒山境界,苍茫悲壮。梁元帝赋云:"登楼一望,唯见远树含烟。平原如此,不知道路几千。"此词境界似之。然其写日暮景色,更觉凄黯。此两句,自内而外。"暝色"两句,自外而内。烟如织、伤心碧,皆暝色也。两句折到楼与人,逼出"愁"字,唤醒全篇。所以觉寒山伤心者,以愁之故;所以愁者,则以人不归耳。下片,点明"归"字。"空"字,亦从"愁"字来。鸟归飞急,写出空间动态,写出鸟之心情。鸟归人不归,故云"空伫立"。"何处"两句,自相呼应,仍以境界结束。但见归程,不见归人,语意含蓄不尽。

忆 秦 娥

箫声咽。秦娥梦断秦楼月。秦楼月。年年柳色,灞陵伤别。

乐游原上清秋节。咸阳古道音尘绝。音尘绝。西风残照,汉家陵阙。

此首伤今怀古,托兴深远。首以月下箫声凄咽引起,已见当年繁华梦断不堪回首。次三句,更自月色外,添出柳色,添出别情,将情景融为一片,想见惨淡迷离之概。下片揭响云汉,摹写当年极盛之时与地。而"咸阳古道"一句,骤落千丈,凄动心目。再续"音尘绝"一句,悲感愈深。"西风"八字,只写境界,兴衰之感都寓其中。其气魄之雄伟,实冠今古。北宋李之仪曾和此词。

温庭筠

菩萨蛮

小山重叠金明灭。鬓云欲度香腮雪。懒起画蛾眉。弄妆梳洗迟。　　照花前后镜。花面交相映。新贴绣罗襦。双双金鹧鸪。

　　此首写闺怨,章法极密,层次极清。首句,写绣屏掩映,可见环境之富丽;次句,写鬓丝撩乱,可见人未起之容仪。三、四两句叙事,画眉梳洗,皆事也。然"懒"字、"迟"字,又兼写人之情态。"照花"两句承上,言梳洗停当,簪花为饰,愈增艳丽。末句,言更换新绣之罗衣,忽睹衣上有鹧鸪双双,遂兴孤独之哀与膏沐谁容之感。有此收束,振起全篇。上文之所以懒画眉、迟梳洗者,皆因有此一段怨情蕴蓄于中也。

菩 萨 蛮

杏花含露团香雪。绿杨陌上多离别。灯在月胧明。觉来闻晓莺。　　玉钩褰翠幕。妆浅旧眉薄。春梦正关情。镜中蝉鬓轻。

　　此首抒怀人之情。起点杏花、绿杨，是芳春景色。此际景色虽美，然人多离别，亦黯然也。"灯在"两句，拍到己之因别而忆，因忆而梦；一梦觉来，帘内之残灯尚在，帘外之残月尚在，而又闻晓莺恼人，其境既迷离惝恍，而其情尤可哀。换头两句，言晓来妆浅眉薄，百无聊赖，亦懒起画眉弄妆也。"春梦"两句倒装，言偶一临镜，忽思及宵来好梦，又不禁自怜憔悴，空负此良辰美景矣。张皋文云："飞卿之词，深美闳约。"观此词可信。末两句，十字皆阳声字，可见温词声韵之响亮。

菩 萨 蛮

玉楼明月长相忆。柳丝袅娜春无力。门外草萋萋。送君闻马嘶。　画罗金翡翠。香烛消成泪。花落子规啼。绿窗残梦迷。

此首写怀人,亦加倍深刻。首句即说明相忆之切,虚笼全篇。每当玉楼有月之时,总念及远人不归,今见柳丝,更添伤感;以人之思极无力,故觉柳丝摇漾亦无力也。"门外"两句,忆及当时分别之情景,宛然在目。换头,又入今情。绣帏深掩,香烛成泪,较相忆无力,更深更苦。着末,以相忆难成梦作结。窗外残春景象,不堪视听;窗内残梦迷离,尤难排遣。通体景真情真,浑厚流转。

菩萨蛮

宝函钿雀金鸂鶒。沉香阁上吴山碧。杨柳又如丝。驿桥春雨时。　　画楼音信断。芳草江南岸。鸾镜与花枝。此情谁得知。

此首,起句写人妆饰之美,次句写人登临所见春山之美,亦"春日凝妆上翠楼"之起法。"杨柳"两句承上,写春水之美,仿佛画境。晓来登高骋望,触目春山春水,又不能已于兴感。一"又"字,传惊叹之神,且见相别之久,相忆之深。换头,说明人去信断。末两句,自伤苦忆之情,无人得知。以美艳如花之人,而独处凄寂,其幽怨深矣。"此情"句,千回百转,哀思洋溢。

更漏子

玉炉香,红蜡泪。偏照画堂秋思。眉翠薄,鬓云残。夜长衾枕寒。　　梧桐树。三更雨。不道离情正苦。一叶叶,一声声。空阶滴到明。

此首写离情,浓淡相间,上片浓丽,下片疏淡。通篇自昼至夜,自夜至晓,其境弥幽,其情弥苦。上片,起三句写境,次三句写人。画堂之内,惟有炉香、蜡泪相对,何等凄寂。迨至夜长衾寒之时,更愁损矣。眉薄鬓残,可见展转反侧、思极无眠之况。下片,承夜长来,单写梧桐夜雨,一气直下,语浅情深。宋人句云:"枕前泪共阶前雨,隔个窗儿滴到明。"从此脱胎,然无上文之浓丽相配,故不如此词之深厚。

南 歌 子

倭堕低梳髻,连娟细扫眉。终日两相思。为君憔悴尽,百花时。

　　此首写相思,纯用拙重之笔。起两句,写貌。"终日"句,写情。"为君"句,承上"相思",透进一层,低回欲绝。

南 歌 子

懒拂鸳鸯枕，休缝翡翠裙。罗帐罢炉薰。近来心更切，为思君。

此首，起三句三层。"近来"句，又深一层。"为思君"句总束，振起全词，以上所谓"懒"、"休"、"罢"者，皆思君之故也。

梦江南

千万恨,恨极在天涯。山月不知心里事,水风空落眼前花。摇曳碧云斜。

　　此首叙飘泊之苦,开口即说出作意。"山月"以下三句,即从"天涯"两字上,写出天涯景色,在在堪恨,在在堪伤。而远韵悠然,令人讽诵不厌。

梦江南

梳洗罢,独倚望江楼。过尽千帆皆不是,斜晖脉脉水悠悠。肠断白蘋洲。

此首记倚楼望归舟,极尽惆怅之情。起两句,记午睡起倚楼。"过尽"两句,寓情于景。千帆过尽,不见归舟,可见凝望之久、凝恨之深。眼前但有脉脉斜晖、悠悠绿水,江天极目,情何能已。末句,揭出肠断之意,馀味隽永。温词大抵绮丽浓郁,而此两首则空灵疏荡,别具丰神。

河　传

湖上。闲望。雨潇潇。烟浦花桥。路遥。谢娘翠蛾愁不销。终朝。梦魂迷晚潮。　　荡子天涯归棹远。春已晚。莺语空肠断。若耶溪。溪水西。柳堤。不闻郎马嘶。

　　此首二、三、四、五、七字句，错杂用之，故声情曲折宛转，或敛或放，真似"大珠小珠落玉盘"也。"湖上"点明地方。"闲望"两字，一篇之主。烟雨模糊，是望中景色；眉锁梦迷，是望中愁情。换头，写水上望归，而归棹不见。着末，写堤上望归，而郎马不嘶。写来层次极明，情致极缠绵。白雨斋谓"直是化境"，非虚誉也。

皇甫松

梦江南

兰烬落,屏上暗红蕉。闲梦江南梅熟日,夜船吹笛雨潇潇。人语驿边桥。

　　此首写梦境,情味深长。"兰烬"两句,写闺中深夜景象,烛花已落,屏画已暗,人亦渐入梦境。"闲梦"二字,直贯到底,梦江南梅熟,梦夜雨吹笛,梦驿边人语,情景逼真,欢情不减。然今日空梦当年之乐事,则今日之凄苦,自在言外矣。

梦 江 南

楼上寝,残月下帘旌。梦见秣陵惆怅事,桃花柳絮满江城。双髻坐吹笙。

　　此首与前首同写梦境,作法亦相同。起处皆写深夜景象,惟前首写室内之烛花落几,此首则写室外之残月下帘。"梦见"以下,亦皆梦中事,梦中景色,梦中欢情,皆写得灵动美妙。两首〔梦江南〕,纯以赋体铺叙,一往俊爽。

韦 庄

菩萨蛮

红楼别夜堪惆怅。香灯半掩流苏帐。残月出门时。美人和泪辞。　　琵琶金翠羽。弦上黄莺语。劝我早归家。绿窗人似花。

　　此首追忆当年离别之词。起言别夜之情景,次言天明之分别。换头承上,写美人琵琶之妙。末两句,记美人别时言语。前事历历,思之惨痛,而欲归之心,亦愈迫切。韦词清秀绝伦,与温词之浓艳者不同,然各极其妙。

菩 萨 蛮

人人尽说江南好。游人只合江南老。春水碧于天。画船听雨眠。　炉边人似月。皓腕凝霜雪。未老莫还乡。还乡须断肠。

　　此首写江南之佳丽,但有思归之意。起两句,自为呼应。人人既尽说江南之好,劝我久住,我亦可以老于此间也。"只合"二字,无限凄怆,意谓天下丧乱,游人飘泊,虽有乡不得还,虽有家不得归,惟有羁滞江南,以待终老。"春水"两句,极写江南景色之丽。"炉边"两句,极写江南人物之美。皆从一己之经历,证明江南果然是好也。"未老"句陡转,谓江南纵好,我仍思还乡,但今日若还乡,目击离乱,只令人断肠,故惟有暂不还乡,以待时定。情意宛转,哀伤之至。

菩萨蛮

如今却忆江南乐。当时年少春衫薄。骑马倚斜桥。满楼红袖招。　　翠屏金屈曲。醉入花丛宿。此度见花枝。白头誓不归。

　　此首陈不归之意。语虽决绝,而意实伤痛。起言"江南乐",承前首"江南好"。以下皆申言江南之乐。春衫纵马,红袖相招,花丛醉宿,翠屏相映,皆江南乐事也。而红袖之盛意殷勤,尤可恋可感。"此度"与"如今"相应。词言江南之乐,则家乡之苦可知。兵干满眼,乱无已时,故不如永住江南,即老亦不归也。

菩 萨 蛮

洛阳城里春光好。洛阳才子他乡老。柳暗魏王堤。此时心转迷。　　桃花春水渌。水上鸳鸯浴。凝恨对残晖。忆君君不知。

此首忆洛阳之词。身在江南,还乡固不能,即洛阳亦不得去,回忆洛阳之乐,不禁心迷矣。起两句,述人在他乡,回忆洛阳春光之好。"柳暗"句,设想此际洛阳魏王堤上之繁盛。"桃花"两句,又说到眼前景色,使人心恻。末句,对景怀人,朴厚沉郁。

浣 溪 沙

夜夜相思更漏残。伤心明月凭阑干。想君思我锦衾寒。咫尺画堂深似海,忆来唯把旧书看。几时携手入长安。

此首怀人。上片,从对面着想,甚似老杜"今夜鄜州月"一首作法。下片,言己之忆人,一句一层。"咫尺"句,言人去不返;"忆来"句,言相忆之深;"几时"句,叹相见之难,亦"何时倚虚幌,双照泪痕干"之意。

应 天 长

绿槐阴里黄莺语。深院无人春昼午。画帘垂,金凤舞。寂寞绣屏香一炷。　碧天云,无定处。空有梦魂来去。夜夜绿窗风雨。断肠君信否。

　　此首,上片写昼景,下片写夜景。起两句,写帘外之静。次三句,写帘内之寂。深院莺语,绣屏香袅,其境幽绝。换头,述相思之切。着末,言风雨断肠,更觉深婉。

荷 叶 杯

记得那年花下。深夜。初识谢娘时。水堂西面画帘垂。携手暗相期。　惆怅晓莺残月。相别。从此隔音尘。如今俱是异乡人。相见更无因。

此首伤今怀昔。"记得"以下,直至"相别",皆回忆当年初识时及相别时之情景。"从此"以下三句,言别后之思念,语浅情深。

女 冠 子

四月十七。正是去年今日。别君时。忍泪佯低面,含羞半敛眉。　　不知魂已断,空有梦相随。除却天边月,没人知。

　　此首上片,记去年别时之苦况。一起直叙,点明时间。"忍泪"十字,写别时状态极真切。下片,写思极入梦,无人知情,亦凄惋。

女 冠 子

昨夜夜半。枕上分明梦见。语多时。依旧桃花面,频低柳叶眉。　　半羞还半喜,欲去又依依。觉来知是梦,不胜悲。

　　此首通篇记梦境,一气赶下。梦中言语、情态皆真切生动。着末一句翻腾,将梦境点明,凝重而沉痛。韦词结句多畅发尽致,与温词之多含蓄者不同。

薛昭蕴

谒 金 门

春满院。叠损罗衣金线。睡觉水晶帘未卷。帘前双语燕。

斜掩金铺一扇。满地落花千片。早是相思肠欲断。忍教频梦见。

此首写睡起之惆怅。"春满院",醒来所见帘外之景象也。"叠损"句,写睡时罗衣未解,可见心悲意懒之情。"睡觉"两句,传双燕之神,画亦难到。因睡觉无心,故未卷帘;因帘未卷,故燕不得入;燕不得入,故惟有帘前对语,似叹亦似怨也。下片,"落花千片",是起来所见帘外之景象,所闻双燕呢喃,所见落花千片,总是令人兴感。"早是"两句,尽情吐露相思之苦,寻常相思,已是肠断,何况梦中频见,更难堪矣。文字分两层申说,宛转凄伤之至。"梦见"应"睡觉","早是"与"忍教"二字呼应。此种情景交融之作,正与韦相同工。

牛 峤

菩萨蛮

舞裙香暖金泥凤。画梁语燕惊残梦。门外柳花飞。玉郎犹未归。　　愁匀红粉泪。眉剪春山翠。何处是辽阳。锦屏春昼长。

此首,首句形容服饰之盛,次句言燕语惊梦。以下言梦醒凝望,柳花乱飞,遂忆及远人未归。换头,言勉强梳洗,愁终难释。"何处"两句,更念及远人所在之处,愈增相思;相思无已,故倍觉春昼之长。写来声情顿挫,自臻妙境。

西 溪 子

捍拨双盘金凤。蝉鬓玉钗摇动。画堂前,人不语。弦解语。弹到昭君怨处。翠蛾愁。不抬头。

　　此首记弹琵琶。起言琵琶上捍拨之美;次言弹琵琶者之美;"画堂"三句,言琵琶声音之美。末言弹者姿态,倍显弹者之无限幽怨,尽自弦上发出。张子野词"弹到断肠时,春山眉黛低",即袭此。然落牛词之后,亦不见其佳胜也。

牛希济

生查子

春山烟欲收,天淡稀星小。残月脸边明,别泪临清晓。
语已多,情未了。回首犹重道。记得绿罗裙,处处怜芳草。

  此首写别情。上片别时景,下片别时情。起写烟收星小,是黎明景色。"残月"两句,写晓景尤真切。残月映脸,别泪晶莹,并当时人之愁情,都已写出。换头,记别时言语,悱恻温厚。着末,揭出别后难忘之情,以处处芳草之绿,而联想人罗裙之绿,设想似痴,而情则极挚。

欧阳炯

三 字 令

春欲尽，日迟迟。牡丹时。罗幌卷，翠帘垂。彩笺书，红粉泪，两心知。　　人不在，燕空归。负佳期。香烬落，枕函欹。月分明，花淡薄，惹相思。

　　此首每句三字，笔随意转，一气呵成。大抵上片白昼之情景，由外及内。下片午夜之情景，由内及外。起句，总点春尽之时。次两句，点帘外日映牡丹之景。"罗幌"两句，记人在帘内之无绪。"彩笺"两句，记人在帘内之感伤。人去不归，徒有彩笺，见笺思人，故不禁泪下难制。"两心知"一句，因己及人，弥见两情之深厚。换头三句，说明燕归人不归，空负佳期。"香烬"两句，写夜来室内之惨淡景象。结句，又从室内窥见外面之花月，引起无限相思。

顾 夐

荷 叶 杯

一去又乖期信。春尽。满院长莓苔。手挼裙带独徘徊。来么来。来么来。

　　此首怀人。语极质朴,情极深刻。起叙人去之久,音讯之疏。"春尽"两句,画出久荒之庭院。"手挼"句,写足娇痴无聊之情态。末两句,重叠问之,含思凄悲,想见泪随声落之概。

孙光宪

谒 金 门

留不得。留得也应无益。白纻春衫如雪色。扬州初去日。

轻别离,甘抛掷。江上满帆风疾。却羡彩鸳三十六。孤鸾还一只。

此首写飘泊之感与相思之苦。起两句,即懊恨百端,沉哀入骨。"白纻"两句,记去扬州时之衣服,颇见潇洒豪迈之风度。下片换头,自写江上流浪,语亦沉痛。末两句,更说明孤栖天涯之悲感。通篇入声韵,故觉词气遒警,情景沉郁。

鹿虔扆

临 江 仙

金锁重门荒苑静,绮窗愁对秋空。翠华一去寂无踪。玉楼歌吹,声断已随风。　　烟月不知人事改,夜阑还照深宫。藕花相向野塘中。暗伤亡国,清露泣香红。

此首暗伤亡国之词。全篇摹写亡国后境界,有《黍离》、《麦秀》之悲。起三句,写秋空荒苑,重门静锁,已足色凄凉。"翠华"三句,写人去无踪,歌吹声断,更觉黯然。下片,又以烟月、藕花无知之物,反衬人之悲伤。其章法之密,用笔之妙,感喟之深,实胜后主"晚凉天静月华开"一首也。"烟月"两句,从刘禹锡"淮水东边旧时月,夜深还过女墙来"化出。"藕花"句,体会细微。末句尤凝重,不啻字字血泪也。

李　璟

浣溪沙

手卷真珠上玉钩。依前春恨锁重楼。风里落花谁是主，思悠悠。　　青鸟不传云外信，丁香空结雨中愁。回首绿波三楚暮，接天流。

　　此首直抒胸臆，清俊宛转。其中情景融成一片，已不能显分痕迹。首句"手卷真珠"，平平叙起，但所以卷帘者，则图稍释愁恨也，故此句看似平淡，实已含无限幽怨。次句承上，凄苦尤甚，盖欲图销恨，而恨依然未销也，两句自为开合。下文更从"依前春恨"句宕开，原恨所以依然未销者，则以帘外落花，风飘无主耳；花落无主，人去亦无主，故见落花，又不禁引起悠悠遐思矣。换头，承"思悠悠"来，一句远，一句近，两句亦自为开合，所思者何，云外之人也，云外之人既不至，云外之信亦不至，其哀伤为何如。"丁香"句，又添出雨中景色，花愈离披，春愈阑珊，愁愈深切矣。"回首"两句，别转江天茫茫之景作结，大笔振迅，气象雄伟，而悠悠此恨，更何能已。通首一气蝉联，刀挥不断，而清空舒卷，跌宕昭彰，洵可称词中神品。

浣 溪 沙

菡萏香销翠叶残。西风愁起绿波间。还与容光共憔悴,不堪看。　　细雨梦回鸡塞远,小楼吹彻玉笙寒。多少泪珠何限恨,倚阑干。

　　此首秋思词。首两句,从景物凋残写起,中间已含有无穷悲秋之感。"还与"两句,触景伤情,拍合人物。"不堪看"三字,笔力千钧,沉郁之至,较之李易安"人比黄花瘦"句,诚觉有仙凡之别。换头,别开一境,似断实连,一句远,一句近,作法与前首同。梦回细雨,凝想人在塞外,怅惘已极,而独处小楼,惟有吹笙以寄恨,但风雨楼高,吹笙既久,致笙寒凝水,每不应律,两句对举,名隽高华,古今共传。陆龟蒙诗云"妾思正如簧,时时望君暖",中主词意正用此;而少游"指冷玉笙寒"句,则又从中主翻出。或谓玉笙吹彻,小楼寒侵,则非是也。末两句承上,申述悲恨。"倚阑干"三字结束,含蓄不尽。

李　煜

一斛珠

晓妆初过。沉檀轻注些儿个。向人微露丁香颗。一曲清歌，暂引樱桃破。　　罗袖裛残殷色可。杯深旋被香醪涴。绣床斜凭娇无那。烂嚼红茸，笑向檀郎唾。

　　此首咏佳人口。起两句，写佳人口注沉檀。"向人"三句，写佳人口引清歌。换头，写佳人口饮香醪。末三句，写佳人口唾红茸。通首自佳人之颜色服饰，以及声音笑貌，无不描画精细，如见如闻。

浣 溪 沙

红日已高三丈透。金炉次第添香兽。红锦地衣随步皱。佳人舞点金钗溜。酒恶时拈花蕊嗅。别殿遥闻箫鼓奏。

　　此首写江南盛时宫中歌舞情况。起言红日已高,点外景。次言金炉添香,地衣舞皱,皆宫中事。换头承上,极写宴乐。金钗舞溜,其舞之盛可知;花蕊频嗅,其醉之甚可知。末句,映带别殿箫鼓,写足处处繁华景象。

玉 楼 春

晚妆初了明肌雪。春殿嫔娥鱼贯列。笙箫吹断水云间,重按《霓裳》歌遍彻。　　临风谁更飘香屑。醉拍阑干情未切。归时休放烛花红,待踏马蹄清夜月。

此首亦写江南盛时景象。起叙嫔娥之美与嫔娥之众,次叙春殿歌舞之盛。下片,更叙殿中香气氤氲与人之陶醉。"归时"两句,转出踏月之意,想见后主风流豪迈之襟抱,与"花间"之局促房栊者,固自有别也。

菩 萨 蛮

花明月暗笼轻雾。今宵好向郎边去。刬袜步香阶。手提金缕鞋。　画堂南畔见，一晌偎人颤。奴为出来难。教郎恣意怜。

　　此首写小周后事。起点夜景，次述小周后匆遽出宫之状态。下片，写相见相怜之情事，景真情真，宛转生动。"奴为"两句，与牛给事之"须作一生拚，尽君今日欢"，同为狎昵已极之词。他如"潜来珠锁动，惊觉银屏梦"，"眼色暗相钩，秋波横欲流"诸词，亦皆实写当日情事也。

望 江 南

闲梦远,南国正芳春。船上管弦江面绿,满城飞絮混轻尘。忙杀看花人。

  此首写江南春景。"船上"句,写江南春水之美,及船上管弦之盛。"满城"句,写城中花絮之繁,九陌红尘与漫天之飞絮相混,想见宝马香车之喧,与都城人士之狂欢情景。末句,揭出倾城看花。亦可见江南盛时上下酣嬉之状。

望 江 南

闲梦远,南国正清秋。千里江山寒色远,芦花深处泊孤舟。笛在月明楼。

　　此首写江南秋景,如一幅绝妙图画。"千里"句,写秋来江山之寥廓,与四野之萧条。"芦花"句,写远岸芦花之盛,与孤舟相映,情景兼到。末句,写月下笛声,尤觉秋思洋溢,凄动于中。孤舟,见行客之悲秋;笛声,见居人之悲秋。张若虚诗云"谁家今夜扁舟子,何处相思明月楼",亦兼写行客与居人两面。后主词,正与之同妙。

清 平 乐

别来春半。触目愁肠断。砌下落梅如雪乱。拂了一身还满。

雁来音信无凭。路遥归梦难成。离恨恰如春草,更行更远还生。

此首即景生情,妙在无一字一句之雕琢,纯是自然流露,丰神秀绝。起点时间,次写景物。"砌下"两句,即承"触目"二字写实。落花纷纷,人立其中;境乃灵境,人似仙人。拂了还满,既见落花之多,又见描摹之生动。愁肠之所以断者,亦以此故。中主是写风里落花,后主是写花里愁人,各极其妙。下片承"别来"二字深入,别来无信一层,别来无梦一层。着末,又融合情景,说出无限离恨,眼前景,心中恨,打并一起,意味深长。少游词云:"倚危亭,恨如芳草,萋萋刬尽还生。"周止庵以为神来之笔,实则亦袭此词也。

乌 夜 啼

昨夜风兼雨,帘帏飒飒秋声。烛残漏断频欹枕,起坐不能平。
　　世事漫随流水,算来一梦浮生。醉乡路稳宜频到,此外不堪行。

　　此首由景入情,写出人生之烦闷。夜来风雨无端,秋声飒飒,此境已令人愁绝,加之烛又残,漏又断,伤感愈甚矣。"起坐不能平"句,写尽抑郁塞胸,展转无眠之苦。换头,承上抒情,言旧事如梦,不堪回首。末两句,写人世茫茫,众生苦恼,尤为沉痛。后主词气象开朗,堂庑广大,悲天悯人之怀,随处流露。王静安谓:"道君不过自道身世之戚,后主则俨有释迦、基督担荷人类罪恶之意。"其言良然。

望 江 南

多少恨,昨夜梦魂中。还似旧时游上苑,车如流水马如龙。花月正春风。

  此首忆旧词,一片神行,如骏马驰坂,无处可停。所谓"恨",恨在昨夜一梦也。昨夜所梦者何?"还似"二字领起,直贯以下十七字,实写梦中旧时游乐盛况。正面不著一笔,但以旧乐反衬,则今之愁极恨深,自不待言。此类小词,纯任性灵,无迹可寻,后人亦不能规摹其万一。

望 江 南

多少泪,断脸复横颐。心事莫将和泪说,凤笙休向泪时吹。肠断更无疑。

  此首直揭哀音,凄厉已极。诚有类夫春夜空山,杜鹃啼血也。断脸横颐,想见泪流之多。后主在汴,尝谓此中日夕,只以眼泪洗面,正可与此词印证。心事不必再说,撇去一层;凤笙不必再吹,又撇去一层。总以心中有无穷难言之隐,故有此沉愤决绝之语。"肠断"一句,承上说明心中悲哀,更见人间欢乐,于己无分,而苟延残喘,亦无多日。真伤心垂绝之音也!

破 阵 子

四十年来家国,三千里地山河。凤阁龙楼连霄汉,玉树琼枝作烟萝。几曾识干戈。　　一旦归为臣虏,沈腰潘鬓销磨。最是仓皇辞庙日,教坊犹奏别离歌。挥泪对宫娥。

　　此首后主北上后追赋之词。上片,极写当年江南之豪华,气魄沉雄,实开宋人豪放一派。换头,骤转被虏后之凄凉,与被虏后之憔悴。今昔对照,警动异常。"最是"三句,忽忆当年临别时最惨痛之事。当年江南陷落之际,后主哭庙,宫娥哭主,哀乐声、悲歌声、哭声合成一片,直干云霄,宁复知人间何世耶!后主于此事,印象最深,故归汴以后,一念及之,辄为肠断。论者谓此词凄怆,与项羽拔山之歌,同出一揆。后主聪明仁恕,不独笃于父子昆弟夫妇之情,即臣民宫娥,亦无不一体爱护。故江南人闻后主死,皆巷哭失声,设斋祭奠。而宫娥之入掖庭者,又手写佛经,为后主资冥福。亦可见后主感人之深矣。

捣 练 子

深院静,小庭空。断续寒砧断续风。无奈夜长人不寐,数声和月到帘栊。

此首闻砧而作。起两句,叙夜间庭院之寂静。"断续"句,叙风送砧声,庭愈空,砧愈响,长夜迢迢,人自难眠,其中心之悲哀,亦可揣知。"无奈"二字,曲笔径转,贯下十二字,四层含意。夜既长,人又不寐,而砧声、月影,复并赴目前,此境凄迷,此情难堪矣。杨升庵谓此乃〔鹧鸪天〕下半阕。然平仄不合,杨说殊不可信。

相 见 欢

无言独上西楼。月如钩。寂寞梧桐深院锁清秋。　剪不断。理还乱。是离愁。别是一般滋味在心头。

此首写别愁,凄婉已极。"无言独上西楼"一句,叙事直起,画出后主愁容。其下两句,画出后主所处之愁境。举头见新月如钩,低头见桐阴深锁,俯仰之间,万感萦怀矣。此片写景亦妙,惟其桐阴深黑,新月乃愈显明媚也。下片,因景抒情。换头三句,深刻无匹,使有千丝万缕之离愁,亦未必不可剪、不可理,此言"剪不断,理还乱",则离愁之纷繁可知。所谓"别是一般滋味",是无人尝过之滋味,惟有自家领略也。后主以南朝天子,而为北地幽囚;其所受之痛苦、所尝之滋味,自与常人不同。心头所交集者,不知是悔是恨,欲说则无从说起,且亦无人可说,故但云"别是一般滋味"。究竟滋味若何,后主且不自知,何况他人?此种无言之哀,更胜于痛哭流涕之哀。

相 见 欢

林花谢了春红。太匆匆。无奈朝来寒雨晚来风。　　胭脂泪。相留醉。几时重。自是人生长恨水长东。

  此首伤别,从惜花写起。"太匆匆"三字,极传惊叹之神。"无奈"句,又转怨恨之情,说出林花所以速谢之故。朝是雨打,晚是风吹,花何以堪,人何以堪,说花即以说人,语固双关也。"无奈"二字,且见无力护花,无计回天之意,一片珍惜怜爱之情,跃然纸上。下片,明点人事,以花落之易,触及人别离之易,花不得重上故枝,人亦不易重逢也。"几时重"三字轻顿;"自是"句重落。以水之必然长东,喻人之必然长恨,语最深刻。"自是"二字,尤能揭出人生苦闷之义蕴。此与"此外不堪行","肠断更无疑"诸语,皆以重笔收束,沉哀入骨。

虞美人

风回小院庭芜绿。柳眼春相续。凭阑半日独无言。依旧竹声新月似当年。　　笙歌未散尊前在。池面冰初解。烛明香暗画楼深。满鬓清霜残雪思难任。

　　此首忆旧词。起点春景,次入人事。风回柳绿,又是一年景色,自后主视之,能毋增慨。凭阑脉脉之中,寄恨深矣。"依旧"一句,猛忆当年今日。景物依稀,而人事则不堪回首。下片承上,申述当年笙歌饮宴之乐。"满鬓"句,勒转今情,振起全篇。自摹白发穷愁之态,尤令人悲痛。

子 夜 歌

人生愁恨何能免。销魂独我情何限。故国梦重归。觉来双泪垂。　高楼谁与上。长记秋晴望。往事已成空。还如一梦中。

　　此首思故国,不假采饰,纯用白描。但句句重大,一往情深。起句两问,已将古往今来之人生及己之一生说明。"故国"句开,"觉来"句合,言梦归故国,及醒来之悲伤。换头,言近况之孤苦。高楼独上,秋晴空望,故国杳杳,销魂何限!"往事"句开,"还如"句合。上下两"梦"字亦幻,上言梦似真,下言真似梦也。

浪 淘 沙

往事只堪哀。对景难排。秋风庭院藓侵阶。一桁珠帘闲不卷,终日谁来。　　金剑已沉埋。壮气蒿莱。晚凉天净月华开。想得玉楼瑶殿影,空照秦淮。

此首念秣陵。上片,白昼凄清状况,哀思弥切。起两句,总括全篇。"秋风"一句,补实上句难排之景。秋风袅袅,苔藓满阶,想见荒凉无人之情,与当年"春殿嫔娥鱼贯列"之盛较之,真有天渊之别。"一桁"两句,极致孤独之哀。后主入汴以后之生活,于此可见。换头,自叹当年之意气,都已销尽。"晚凉"一句,点月出。"想得"两句,因月生感,怅望无极。月影空照秦淮,画出失国后之惨淡景象。

虞 美 人

春花秋月何时了。往事知多少。小楼昨夜又东风。故国不堪回首月明中。　　雕阑玉砌应犹在。只是朱颜改。问君能有几多愁。恰似一江春水向东流。

　　此首感怀故国,悲愤已极。起句,追维往事,痛不欲生;满腔恨血,喷薄而出:诚《天问》之遗也。"小楼"句承起句,缩笔吞咽;"故国"句承起句,放笔呼号。一"又"字惨甚。东风又入,可见春花秋月,一时尚不得遽了。罪孽未满,苦痛未尽,仍须偷息人间,历尽磨折。下片承上,从故国月明想入,揭出物是人非之意。末以问答语,吐露心中万斛愁恨,令人不堪卒读。通首一气盘旋,曲折动荡,如怨如慕,如泣如诉。

浪 淘 沙

帘外雨潺潺。春意阑珊。罗衾不耐五更寒。梦里不知身是客,一晌贪欢。　　独自莫凭阑。无限江山。别时容易见时难。流水落花春去也,天上人间。

　　此首殆后主绝笔,语意惨然。五更梦回,寒雨潺潺,其境之黯淡凄凉可知。"梦里"两句,忆梦中情事,尤觉哀痛。换头宕开,两句自为呼应,所以"独自莫凭阑"者,盖因凭阑见无限江山,又引起无限伤心也。此与"心事莫将和泪说,凤笙休向泪时吹",同为悲愤已极之语。辛稼轩之"休去倚危阑,斜阳正在烟柳断肠处",亦袭此意。"别时"一句,说出过去与今后之情况。自知相见无期,而下世亦不久矣。故"流水"两句,即承上申说不久于人世之意,水流尽矣,花落尽矣,春归去矣,而人亦将亡矣。将四种了语,并合一处作结,肝肠断绝,遗恨千古。

冯延巳

采桑子

花前失却游春侣,独自寻芳。满目悲凉。纵有笙歌亦断肠。

林间戏蝶帘间燕,各自双双。忍更思量。绿树青苔半夕阳。

此首触景感怀,文字疏隽。上片,径写独游之悲,笙歌原来可乐,但以无人偕游,反增凄凉。下片,因见双蝶、双燕,又兴起已之孤独。"绿树"句,以景结,正应"满目悲凉"句。

喜 迁 莺

宿莺啼,乡梦断,春树晓朦胧。残灯吹烬闭朱栊。人语隔屏风。　　香已寒,灯已绝。忽忆去年离别。石城花雨倚江楼。波上木兰舟。

此首写晓来梦觉之所思。上片点景。起三句,言啼莺惊梦,帘外树色朦胧未辨。"残灯"两句,写帘内之残灯、残香犹在,人语分明。下片,言灯绝香寒之际,忽忆去年故乡送别之情景,宛然在目,故不禁凄动于中。

清 平 乐

雨晴烟晚。绿水新池满。双燕飞来垂柳院。小阁画帘高卷。
　黄昏独倚朱阑。西南新月眉弯。砌下落花风起,罗衣特地春寒。

　此首纯写景物,然景中见人,娇贵可思。初写雨后池满,是阁外远景;次写柳院燕归,是阁前近景。人在阁中闲眺,颇具萧散自在之致。下片,写倚阑看月,微露怅意。着末,写风振罗衣,芳心自警。通篇俱以景物烘托人情,写法极高妙。

三 台 令

南浦。南浦。翠鬓离人何处。当时携手高楼。依旧楼前水流。流水。流水。中有伤心双泪。

  此首怀人词。南浦别离之处,今空见其处,而人则不知何往矣。"当时"句逆入,回忆当年之乐。"依旧"句平出,慨叹今日之物是人非。末句,即流水而抒真情,语极沉着。其后小晏云"楼下分流水声中,有当日凭高泪";李清照云"惟有楼前流水,应念我终日凝眸";稼轩云"郁孤台下清江水,中间多少行人泪",皆与此意相合。

范仲淹

苏幕遮

碧云天,黄叶地。秋色连波,波上寒烟翠。山映斜阳天接水。芳草无情,更在斜阳外。　　黯乡魂,追旅思。夜夜除非,好梦留人睡。明月楼高休独倚。酒入愁肠,化作相思泪。

　　此首,上片写景,下片抒情。上片,写天连水,水连山,山连芳草;天带碧云,水带寒烟,山带斜阳。自上及下,自近及远,纯是一片空灵境界,即画亦难到。下片,触景生情。"黯乡魂"四句,写在外淹滞之久与乡思之深。"明月"一句陡提,"酒入"两句拍合。"楼高"点明上片之景为楼上所见。酒入肠化泪亦新。谭复堂评此首为"大笔振迅"之作。予谓此及〔御街行〕、〔渔家傲〕诸作皆然也。又此首曰:"化作相思泪";〔御街行〕曰:"酒未到,先成泪";〔渔家傲〕曰:"将军白发征夫泪",三首皆有"泪",亦足见公之真情流露也。

渔 家 傲

塞下秋来风景异。衡阳雁去无留意。四面边声连角起。千嶂里。长烟落日孤城闭。　　浊酒一杯家万里。燕然未勒归无计。羌管悠悠霜满地。人不寐。将军白发征夫泪。

　　此首，公守边日作。起叙塞下秋景之异，雁去而人不得去，语已凄然。"四面"三句，实写塞下景象，苍茫无际，令人百感交集。千嶂落日，孤城自闭，其气魄之大，正与"风吹草低见牛羊"同妙。加之边声四起，征人闻之，愈难为怀。换头抒情，深叹征战无功，有家难归。"羌管"一句，点出入夜景色，霜华满地，严寒透骨，此时情况，较黄昏日落之时，尤为凄悲。末句，直道将军与三军之愁苦，大笔凝重而沉痛。惟士气如此，何以克敌制胜？故欧公讥为"穷塞主"也。

御　街　行

纷纷坠叶飘香砌。夜寂静,寒声碎。真珠帘卷玉楼空,天淡银河垂地。年年今夜,月华如练,长是人千里。　　愁肠已断无由醉。酒未到,先成泪。残灯明灭枕头欹,谙尽孤眠滋味。都来此事,眉间心上,无计相回避。

此首从夜静叶落写起,因夜之愈静,故愈觉寒声之碎。"真珠"五句,极写远空皓月澄澈之境。"年年今夜"与"夜夜除非"之语,并可见久羁之苦。"长是人千里"一句,说出因景怀人之情。下片即从此生发,步步深婉。〔苏幕遮〕末句,犹谓酒入愁肠始化泪,而此则谓酒未到已先成泪,情更凄切。"残灯"两句,写屋内黯淡情景,与前片月光映照,亦倍增伤感。末三句,复就上句申说。陈亦峰所谓"淋漓沉着"者,此类是也。

张　先

天　仙　子

水调数声持酒听。午醉醒来愁未醒。送春春去几时回，临晚镜。伤流景。往事后期空记省。　　沙上并禽池上暝。云破月来花弄影。重重帘幕密遮灯，风不定。人初静。明日落红应满径。

　　此首不作发越之语，而自然韵高。中间自午至晚，自晚至夜，写来情景宛然。首因听〔水调〕而愁，因愁而借酒图消，然愁重酒多，遂致沉醉。迨沉醉既醒，眼看春去，又引起无穷感伤。"送春"四句，即写春去之感。人事多纷，流光易逝，往事则空劳回忆，后期则空劳梦想，抚今思昔，至难为怀。"沙上"两句，写入夜凄寂景象。"云破"句，写景灵动，古今绝唱。"重重"四句，写夜深人静，独处帘内，又因风起而念落花，仍回到惜春送春之意。李易安"应是绿肥红瘦"句，亦袭此，然太着迹，并不如此语之蕴藉有味矣。

青 门 引

乍暖还轻冷。风雨晚来方定。庭轩寂寞近清明,残花中酒,又是去年病。　　楼头画角风吹醒。入夜重门静。那堪更被明月,隔墙送过秋千影。

此首与〔天仙子〕同为子野韵胜之作。首叙所处之境,已极悲凉。时节则近清明,所居则寂寞庭轩,气候则风雨交加、冷暖不定。人处此境,情何以堪,故于对花饮酒之际,又不禁勾起去年伤春之病。谓"风雨晚来方定",可见沉阴不开,竟日凄迷;谓"又是去年病",可见羁恨难消,频年如此。换头两句,写夜境亦幽寂,忽为角声吹醒,自不免百端交集,感从中来。"那堪"两句,兼写情景。明月送影,真是神来之笔。而他人欢乐之情,一经对照,更觉愁不可抑。

渔 家 傲

巴子城头青草暮。巴山重叠相逢处。燕子占巢花脱树。杯且举。瞿塘水阔舟难渡。　　天外吴门清霅路。君家正在吴门住。赠我柳枝情几许。春满缕。为君将入江南去。

　　此首和词,疏荡有韵。起记相别之处,次记别时之景。"杯且举"两句,述劝酒之情。下片,答谢赠别者之情意,尤为深厚。

晏 殊

浣 溪 沙

一曲新词酒一杯。去年天气旧亭台。夕阳西下几时回。
无可奈何花落去,似曾相识燕归来。小园香径独徘徊。

此首谐不邻俗,婉不嫌弱。明为怀人,而通体不着一怀人之语,但以景衬情。上片三句,因今思昔。现时景象,记得与昔时无殊。天气也,亭台也,夕阳也,皆依稀去年光景。但去年人在,今年人杳,故骤触此景,即引起离索之感。"无可"两句,虚对工整,最为昔人所称。盖既伤花落,又喜燕归,燕归而人不归,终令人抑郁不欢。小园香径,惟有独自徘徊而已。馀味殊隽永。

浣 溪 沙

一向年光有限身。等闲离别易销魂。酒筵歌席莫辞频。
满目山河空念远,落花风雨更伤春。不如怜取眼前人。

此首为伤别之作。起句,叹浮生有限;次句,伤别离可哀;第三句,说出借酒自遣,及时行乐之意。换头,承别离说,嘹亮入云。意亦从李峤"山川满目泪沾衣"句化出。"落花"句,就眼前景物,说明怀念之深。末句,用唐诗意,忽作转语,亦极沉痛。

清 平 乐

红笺小字。说尽平生意。鸿雁在云鱼在水。惆怅此情难寄。　斜阳独倚西楼。遥山恰对帘钩。人面不知何处,绿波依旧东流。

此首上片抒情,下片写景,一气舒卷,语浅情深。"红笺"两句,述思念衷曲。"鸿雁"两句,怅无从寄笺。下片,但写遥山绿波,而相思相望之情,其何能已。"人面"句,从崔护诗化出。

清 平 乐

金风细细。叶叶梧桐坠。绿酒初尝人易醉。一枕小窗浓睡。
　　紫薇朱槿花残。斜阳却照阑干。双燕欲归时节,银屏昨夜微寒。

　　此首以景纬情,妙在不着意为之,而自然温婉。"金风"两句,写节候景物。"绿酒"两句,写醉卧情事。"紫薇"两句,紧承上片,写醒来景象。庭院萧条,秋花都残,痴望斜阳映阑,亦无聊之极。"双燕"两句,既惜燕归,又伤人独,语不说尽,而韵特胜。

木 兰 花

绿杨芳草长亭路。年少抛人容易去。楼头残梦五更钟,花底离愁三月雨。　　无情不似多情苦。一寸还成千万缕。天涯地角有穷时,只有相思无尽处。

　　此首述相思之情。起句点春景。次句言人去。"楼头"两句,写人去后之处境,凄楚不堪,而缀语亦精炼无匹。下片,纯用白描,直抒胸臆,作意自后主词"一片芳心千万绪,人间没个安排处"来。但觉忠厚之至,而无丝毫怨怼。

踏 莎 行

祖席离歌,长亭别宴。香尘已隔犹回面。居人匹马映林嘶,行人去棹依波转。　　画阁魂消,高楼目断。斜阳只送平波远。无穷无尽是离愁,天涯地角寻思遍。

  此首为送行之作,足抵一篇《别赋》。起两句言饯别。"香尘"句言别去,香尘已隔,而犹回面,极见缱绻不忍之意。"居人"两句,一写去者,一写送者,两两对照,情景如见。换头一气蝉联,因行舟已依波转,故必登楼望之。但转瞬更远,即登楼望之,亦不得见,只馀斜阳映波,徒教人目断魂销也。"无穷"两句,说出人虽不见,而心则随人俱远,无时或已。通体自送别至别后,以次描摹,历历如画。

踏莎行

小径红稀,芳郊绿遍。高台树色阴阴见。春风不解禁杨花,濛濛乱扑行人面。　　翠叶藏莺,珠帘隔燕。炉香静逐游丝转。一场愁梦酒醒时,斜阳却照深深院。

　　此首通体写景,但于景中见情。上片写出游时郊外之景,下片写归来后院落之景。心绪不宁,故出入都无兴致。起句,写郊景红稀绿遍,已是春事阑珊光景。"春风"句,似怨似嘲,将物做人看,最空灵有味。"翠叶"三句,写院落之寂寞。"炉香"句,写物态细极静极。"一场"两句,写到酒醒以后景象,浑如梦寐,妙不着实字,而闲愁可思。

浣 溪 沙

小阁重帘有燕过。晚花红片落庭莎。曲阑干影入凉波。一霎好风生翠幕,几回疏雨滴圆荷。酒醒人散得愁多。

此首写池阁景物,清圆宛转,笔无点尘。起句,写阁内燕入;次句,写阁外花落;第三句,写阑影入池,美境如画。换头,写风生,写雨滴。末句,总束全词,补出池阁盛宴,与人散后之愁情。此词二、三、五、六句之第五字皆用入声,其他用双声之处亦颇多,如阁过干、花红好回荷、帘落阑凉、莎疏散皆是,可见大晏严究声音之一斑。

韩 缜

凤 箫 吟

锁离愁,连绵无际,来时陌上初熏。绣帏人念远,暗垂珠露,泣送征轮。长行长在眼,更重重、远水孤云。但望极楼高,尽日目断王孙。　　销魂。池塘别后,曾行处、绿妒轻裙。恁时携素手,乱花飞絮里,缓步香茵。朱颜空自改,向年年、芳意长新。遍绿野,嬉游醉眼,莫负青春。

此首咏草,实则借草以抒别情。篇中句句有草,句句有人,写来自然拍合,情韵悠漾。起首写陌上一片芳草,已锁离愁,是来时情景。"陌上初熏"句,即用江文通"陌上草熏"语。"绣帏"三句,写草之神,垂露如泪,泣送征轮,是去时情景。"长行"两句,更以云水衬草,写远人所历之境。"但望极"两句,又折回闺中人之怅望,用《楚辞》"王孙游兮不归,春草生兮萋萋"语。下片"销魂"三句,追思昔游,逆入。"池塘"句,用谢灵运"池塘生春草"诗。"恁时"三句,空想将来,荡开。"朱颜"两句,缩笔,意从刘希夷诗"年年岁岁花相似,岁岁年年人不同"化出。末两句,又荡开,与"朱颜"两句呼应。劝人不必因草而感伤,但以及春嬉游为宜,含意颇厚。

宋 祁

木 兰 花

东城渐觉风光好。縠皱波纹迎客棹。绿杨烟外晓云轻,红杏枝头春意闹。　　浮生长恨欢娱少。肯爱千金轻一笑。为君持酒劝斜阳,且向花间留晚照。

　　此首随意落墨,风流闲雅。起两句,虚写春风春水泛舟之适。次两句,实写景物之丽。绿杨红杏,相映成趣。而"闹"字尤能撮出花繁之神,宜其擅名千古也。下片,一气贯注,亦是劝人轻财寻乐之意。

欧阳修

采桑子

群芳过后西湖好,狼籍残红。飞絮濛濛。垂柳阑干尽日风。

笙歌散尽游人去,始觉春空。垂下帘栊。双燕归来细雨中。

此首,上片言游冶之盛,下片言人去之静。通篇于景中见情,文字极疏隽。风光之好,太守之适,并可想象而知也。

踏莎行

候馆梅残,溪桥柳细。草熏风暖摇征辔。离愁渐远渐无穷,迢迢不断如春水。　　寸寸柔肠,盈盈粉泪。楼高莫近危阑倚。平芜尽处是春山,行人更在春山外。

此首,上片写行人忆家,下片写闺人忆外。起三句,写郊景如画,于梅残柳细、草薰风暖之时,信马徐行,一何自在。"离愁"两句,因见春水之不断,遂忆及离愁之无穷。下片,言闺人之怅望。"楼高"一句唤起,"平芜"两句拍合。平芜已远,春山则更远矣,而行人又在春山之外,则人去之远,不能目睹,惟存想象而已。写来极柔极厚。

蝶　恋　花

六曲阑干偎碧树。杨柳风轻，展尽黄金缕。谁把钿筝移玉柱。穿帘海燕双飞去。　　满眼游丝兼落絮。红杏开时，一霎清明雨。浓睡觉来莺乱语。惊残好梦无寻处。

　　此首，情绪亦寓景中。"六曲"三句，阑外景；"谁把"两句，帘内景。阑外杨柳如丝，帘内海燕双栖，是一极富丽极幽静之金屋。而钿筝一声，骤惊双燕，又是静中极微妙之兴象。下片，"满眼"三句，因雨而引起惜花情绪。"浓睡"两句，因梦而引起恼莺情绪。镇日凄清，原无欢意，方期睡浓梦好，一晌贪欢，偏是莺语又惊残梦，其惆怅为何如耶。谭复堂评此词如"金碧山水，一片空濛"，可谓善会消息矣。

蝶 恋 花

庭院深深深几许。杨柳堆烟,帘幕无重数。玉勒雕鞍游冶处。楼高不见章台路。　　雨横风狂三月暮。门掩黄昏,无计留春住。泪眼问花花不语。乱红飞过秋千去。

　　此首写闺情,层深而浑成。首三句,但写一华丽之深院,而人之矜贵可知。"玉勒"两句,写行人游冶不归,一则深院凝愁,一则章台驰骋,两句射照,哀乐毕见。换头,因风雨交加,更起伤春怀人之情。"泪眼"两句,毛稚黄释之曰:"因'花'而有'泪',此一层意也。因'泪'而'问花',此一层意也。'花'竟'不语',此一层意也。不但'不语',且又'乱'落'飞过秋千',此一层意也。人愈伤心,'花'愈恼人,语愈浅而意愈入,又绝无刻画费力之迹,谓非层深而浑成耶。"观毛氏此言,可悟其妙。

蝶 恋 花

谁道闲情抛弃久。每到春来,惆怅还依旧。日日花前常病酒。不辞镜里朱颜瘦。　　河畔青芜堤上柳。为问新愁,何事年年有。独立小桥风满袖。平林新月人归后。

　　此首写闺情,如行云流水,不染纤尘。起两句,自设问答,已见凄婉。"日日"两句,从"惆怅"来,日日病酒,不辞消瘦,意更深厚。换头,因见芳草、杨柳,又起新愁。问何以年年有愁,亦是恨极之语。末两句,只写一美境,而愁自寓焉。

蝶恋花

几日行云何处去。忘了归来,不道春将暮。百草千花寒食路。香车系在谁家树。　　泪眼倚楼频独语。双燕来时,陌上相逢否。撩乱春愁如柳絮。依依梦里无寻处。

　　此首伤离念远,笔墨入化。句首以问起,问人去何处。"忘了"两句,言春将暮,而人犹不归,怨之至,亦伤之至。"百草"两句,复作问语,问人牵系谁家,总以人不归来,故一问再问。换头,因见双燕,又和泪问燕可逢人,相思之深、怅望之切,并可知已。末两句,揭出愁思无已之情,即梦里亦无寻处,缠绵悱恻,一往情深。

木 兰 花

别后不知君远近。触目凄凉多少闷。渐行渐远渐无书,水阔鱼沉何处问。　　夜深风竹敲秋韵。万叶千声皆是恨。故欹单枕梦中寻,梦又不成灯又烬。

　　此首写别恨,两句一意,次第显然。分别是一恨。无书是一恨。夜闻风竹,又搅起一番离恨。而梦中难寻,恨更深矣。层层深入,句句沉着。

浣 溪 沙

湖上朱桥响画轮。溶溶春水浸春云。碧琉璃滑净无尘。当路游丝萦醉客,隔花啼鸟唤行人。日斜归去奈何春。

此首写湖上景色。起记桥上车马之繁。"溶溶"两句,写足湖水之美,一碧无尘,春云浸影,此景诚足令人忘返。下片,言游丝萦客,啼鸟唤人,更有无限情味。末句,点明日斜不得不归,又颇有惆怅之意。

浣 溪 沙

堤上游人逐画船。拍堤春水四垂天。绿杨楼外出秋千。
　白发戴花君莫笑,六幺催拍盏频传。人生何处似尊前。

　此首记泛舟之乐。起记堤上游人之众;次记堤下春水之盛;"绿杨"句,记临水人家之富丽。下片,触景生感,寓有及时行乐之意。

少 年 游

阑干十二独凭春。晴碧远连云。千里万里,二月三月,行色苦愁人。　谢家池上,江淹浦畔,吟魄与离魂。那堪疏雨滴黄昏。更特地、忆王孙。

　　此首咏草词。吴虎臣谓"君复、圣俞二词,皆不及也"。首从凭阑写起。"晴碧"一句,实写草色无际。"千里"句,就空间说;"二月"句,就时间说;"行色"句,点出愁人之意。换头,用谢灵运、江淹咏草故实。"那堪"两句,深入一层,添出黄昏疏雨,更令人苦忆王孙游衍也。

柳　永

雨　霖　铃

寒蝉凄切。对长亭晚,骤雨初歇。都门帐饮无绪,方留恋处,兰舟催发。执手相看泪眼,竟无语凝噎。念去去、千里烟波,暮霭沉沉楚天阔。　　多情自古伤离别。更那堪、冷落清秋节。今宵酒醒何处,杨柳岸、晓风残月。此去经年,应是、良辰好景虚设。便纵有、千种风情,更与何人说。

　　此首写别情,尽情展衍,备足无馀,浑厚绵密,兼而有之。宋于庭谓柳词多"精金粹玉",殆谓此类。起三句,点明时地景物,盖写未别之情景,已凄然欲绝。长亭已晚,雨歇欲去,此际不听蝉鸣,已觉心碎,况蝉鸣凄切乎。"都门"两句,写饯别时之心情极委婉。欲饮无绪,欲留不能。"执手"两句,写临别时之情事,更是传神之笔。"念去去"两句,推想别后所历之境。以上文字,皆郁结蟠屈,至此乃凌空飞舞。冯梦华所谓"曲处能直,密处能疏"也。换头,重笔另开,叹从来离别之可哀。"更那堪"句,推进一层。言己之当秋而悲,更甚于常情。"今宵"两句,逆入,推想酒醒后所历之境。惝恍迷离,丽绝凄绝。"此去"两句,更推想别后经年之寥落。"便纵有"两句,仍从此深入,叹相期之愿难谐,纵有风情,亦无人可说,馀恨无穷,馀味不尽。

蝶 恋 花

伫倚危楼风细细。望极春愁,黯黯生天际。草色烟光残照里。无言谁会凭阑意。　　拟把疏狂图一醉。对酒当歌,强乐还无味。衣带渐宽终不悔。为伊消得人憔悴。

　　此首,上片写境,下片抒情。"伫倚"三句,写远望愁生。"草色"两句,实写所见冷落景象与伤高念远之意。换头深婉。"拟把"句,与"对酒"两句呼应。强乐无味,语极沉痛。"衣带"两句,更柔厚。与"不辞镜里朱颜瘦"语,同合风人之旨。

采 莲 令

月华收、云淡霜天曙。西征客、此时情苦。翠娥执手,送临歧、轧轧开朱户。千娇面、盈盈伫立,无言有泪,断肠争忍回顾。　　一叶兰舟,便恁急桨凌波去。贪行色、岂知离绪。万般方寸,但饮恨、脉脉同谁语。更回首、重城不见,寒江天外,隐隐两三烟树。

此首,初点月收天曙之景色,次言客心临别之凄楚。"翠娥"以下,皆送行人之情态。执手劳劳,开户轧轧,无言有泪,记事既生动,写情亦逼真。"断肠"一句,写尽两面依依之情。换头,写别后舟行之速。"万般"两句,写别后心中之恨。"更回首"三句,以远景作收,笔力千钧。上片之末言回顾,谓人。此则谓舟行已远,不独人不见,即城亦不见,但见烟树隐隐而已。一顾再顾,总见步步留恋之深。屈子云:"过夏首而西浮兮,顾龙门而不见。"收处仿佛似之。

倾　杯

鹜落霜洲，雁横烟渚，分明画出秋色。暮雨乍歇，小楫夜泊，宿苇村山驿。何人月下临风处，起一声羌笛。离愁万绪，闻岸草、切切蛩吟如织。　　为忆芳容别后，水遥山远，何计凭鳞翼。想绣阁深沉，争知憔悴损，天涯行客。楚峡云归，高阳人散，寂寞狂踪迹。望京国。空目断、远峰凝碧。

　　此首，上片写景，下片抒情，脉络甚明，哀感甚深。起三句，点秋景。"暮雨"三句，记泊舟之时与地。"何人"两句，记闻笛生愁。"离愁"两句，添出草蛩似织，更不堪闻。换头，"为忆"三句，述己之远别及信之难达。"想绣阁"三句，就对方设想，念人在外边之苦，语极凄恻。"楚峡"三句，念旧游如梦，欲寻无迹。末两句，以景结束，惆怅不尽。

夜 半 乐

冻云黯淡天气,扁舟一叶,乘兴离江渚。度万壑千岩,越溪深处。怒涛渐息,樵风乍起,更闻商旅相呼,片帆高举。泛画鹢、翩翩过南浦。　　望中酒旆闪闪,一簇烟村,数行霜树。残日下、渔人鸣榔归去。败荷零落,衰杨掩映,岸边两两三三,浣纱游女。避行客、含羞笑相语。　　到此因念,绣阁轻抛,浪萍难驻。叹后约丁宁竟何据。惨离怀、空恨岁晚归期阻。凝泪眼、杳杳神京路。断鸿声远长天暮。

此首三片,上片记泛舟所径;中片记舟行所见;下片抒远游之感。大气磅礴,铺叙尽致。起首,点天气黯淡,乘兴泛舟。"度万壑"两句,记舟行之远。"怒涛"三句,记舟行所遇。"片帆"三句,记舟行之速。中片写景如画,皆从"望中"二字生发。霜树烟村,酒旆闪闪,是远景;渔人鸣榔,游女浣纱,是近景。下片,触景生情,语语深厚。初念抛家飘泊,继叹后约无凭,终恨岁晚难归,沉思千般,故不觉泪下。"到此"以下,皆曲处密处。至"凝泪眼"三句,乃用直笔展开,极疏荡浑灏之致。

玉 蝴 蝶

望处雨收云断,凭阑悄悄,目送秋光。晚景萧疏,堪动宋玉悲凉。水风轻、蘋花渐老,月露冷、梧叶飘黄。遣情伤。故人何在,烟水茫茫。　　难忘。文期酒会,几孤风月,屡变星霜。海阔山遥,未知何处是潇湘。念双燕、难凭远信,指暮天、空识归航。黯相望:断鸿声里,立尽斜阳。

　　此首"望处"二字,统摄全篇。起言凭阑远望,"悄悄"二字,已含悲意。"晚景"二句,虚写晚景足悲。"水风"两对句,实写蘋老、梧黄之景。"遣情伤"三句,乃折到怀人之感。下片,极写心中之抑郁。"难忘"两句,回忆当年之乐。"几孤"句,言文酒之疏。"屡变"句,言经历之久。"海阔"两句,言隔离之远。"念双燕"两句,言思念之切。末句,与篇首相应。"立尽斜阳",伫立之久可知,羁愁之深可知。

八声甘州

对潇潇暮雨洒江天,一番洗清秋。渐霜风凄紧,关河冷落,残照当楼。是处红衰翠减,苒苒物华休。惟有长江水,无语东流。　　不忍登高临远,望故乡渺邈,归思难收。叹年来踪迹,何事苦淹留。想佳人、妆楼颙望,误几回、天际识归舟。争知我、倚阑干处,正恁凝愁。

　　此首亦柳词名著。一起写雨后之江天,澄澈如洗。"渐霜风"三句,更写风紧日斜之境,凄寂可伤。以东坡之鄙柳词,亦谓此三句"唐人佳处,不过如此"。"是处"四句,复叹眼前景物凋残,惟有江水东流,自起首至此,皆写景。换头,即景生情。"不忍"句与"望故乡"两句,自为呼应。"叹年来"两句,自问自叹,与"为问新愁,何事年年有"句,同为恨极之语。"想"字贯至"收"处,皆是从对面着想,与少陵之"香雾云鬟湿,清辉玉臂寒"作法相同。小谢诗云:"天际识归舟",屯田用其语,而加"误几回"三字,更觉灵动。收处归到"倚阑",与篇首应。梁任公谓此首词境颇似"照花前后镜,花面交相映",说亦至当。

王安石

桂 枝 香

登临送目。正故国晚秋,天气初肃。千里澄江似练,翠峰如簇。征帆去棹残阳里,背西风、酒旗斜矗。彩舟云淡,星河鹭起,画图难足。　　念往昔、繁华竞逐。叹门外楼头,悲恨相续。千古凭高,对此漫嗟荣辱。六朝旧事随流水,但寒烟衰草凝绿。至今商女,时时犹唱,后庭遗曲。

此首为金陵怀古之词,以笔力峭劲,为东坡所叹赏。上片写金陵之景,下片抒怀古之情。"登临送目"四字,笼照全篇。"正故国"两句,言时令与天气。"千里"两句,言山水之美。"征帆"以下,皆为江天景色。换头,历述古今盛衰之感,清空一气。"门外楼头"句,用杜牧之"门外韩擒虎,楼头张丽华"诗意。"六朝"句,用窦巩诗意。"商女"句,用牧之《泊秦淮》诗意。

王安国

清平乐

留春不住。费尽莺儿语。满地残红宫锦污。昨夜南园风雨。

小怜初上琵琶。晓来思绕天涯。不肯画堂朱户，春风自在杨花。

此首写残春景象，颇为名隽。起句言莺语留春，已饶韵味。"费尽"二字，倍显留春之殷勤。"满地"两句，倒装句法，言残花经雨狼藉之状，亦见惜春、惜花之深情。换头，因残春足悲，故托之琵琶弹出。"不肯"两句，更写杨花之自在，以喻人之品格孤高。

晏几道

临 江 仙

梦后楼台高锁,酒醒帘幕低垂。去年春恨却来时。落花人独立,微雨燕双飞。　　记得小蘋初见,两重心字罗衣。琵琶弦上说相思。当时明月在,曾照彩云归。

　　此首感旧怀人,精美绝伦。一起即写楼台高锁,帘幕低垂,其凄寂无人可知。而梦后酒醒,骤见此境,尤难为怀。盖昔日之歌舞豪华,一何欢乐,今则人去楼空,音尘断绝矣。即此两句,已似一篇《芜城赋》。"去年"一句,疏通上文,引起下文。"落花"两句,原为唐末翁宏之诗,妙在拈置此处,衬副得宜,且不明说春恨,而自以境界会意。落花,微雨,境极美;人独立,燕双飞,情极苦。此上片文字颇致密,换头,乃易之以疏淡。"记得"两句,忆去年人之服饰。"琵琶"一句,言苦忆无已,乃一寓之弦上。"当时"两句,则因见今时之月,想到当时之月,曾照人归楼台,回应篇首,感喟无限。而出语之俊逸,更无敌手。

蝶 恋 花

梦入江南烟水路。行尽江南,不与离人遇。睡里销魂无说处。觉来惆怅销魂误。　　欲尽此情书尺素。浮雁沉鱼,终了无凭据。却倚缓弦歌别绪。断肠移破秦筝柱。

　　此首一起从梦写入,语即精炼。盖人去江南,相思不已,故不觉梦入江南也。但行尽江南,终不遇人,梦劳魂伤矣,此一顿挫处。既不遇人,故无说处,而一梦觉来,依然惆怅,此又一顿挫处。下片,因觉来惆怅,遂欲详书尺素,以尽平日相思之情与梦中寻访之情。但鱼雁无凭,尺素难达,此亦一顿挫处。寄书既无凭,故惟有倚弦以寄恨,但恨深弦急,竟将筝柱移破。写来层层深入,节节顿挫,既清利,又沉着。

蝶恋花

醉别西楼醒不记。春梦秋云,聚散真容易。斜月半窗还少睡。画屏闲展吴山翠。　　衣上酒痕诗里字。点点行行,总是凄凉意。红烛自怜无好计。夜寒空替人垂泪。

　　此首写别情凄惋。一起写醒时景况,迷离惝恍,已撇去无限别时情事。"春梦"两句,叹人生聚散无常。一"真"字,见慨叹之深。"斜月"两句,自言怀人无眠,惟有空对画屏凝想。一"还"字,见无眠之久;一"闲"字,见独处之寂。下片,"衣上"两句,从"醉别西楼"来,酒痕墨痕,是别时情态,今人去痕留,感伤曷极。"总是"二字,亦见感伤之甚,觉无物不凄凉也。"红烛"两句,用杜牧之"蜡烛有心还惜别,替人垂泪到天明"诗。但"自怜"、"空替"等字,皆能于空际传神。二晏并称,小晏精力尤胜,于此可见。

鹧鸪天

彩袖殷勤捧玉钟。当年拚却醉颜红。舞低杨柳楼心月,歌尽桃花扇底风。　　从别后,忆相逢。几回魂梦与君同。今宵剩把银釭照,犹恐相逢是梦中。

　　此首为别后相逢之词。上片,追溯当年之乐。"彩袖"一句,可见当年之浓情密意。拚醉一句,可见当年之豪情。换头,"从别后"三句,言别后相忆之深,常萦魂梦。"今宵"两句,始归到今日相逢。老杜云:"夜阑更秉烛,相对如梦寐",小晏用之,然有"剩把"与"犹恐"四字呼应,则惊喜俨然,变质直为宛转空灵矣。上言梦似真,今言真似梦,文心曲折微妙。

木 兰 花

东风又作无情计。艳粉娇红吹满地。碧楼帘影不遮愁,还似去年今日意。　　谁知错管春残事。到处登临曾费泪。此时金盏直须深,看尽落花能几醉。

　　此首伤春,文笔清劲。起句沉痛之至,"东风又作无情计",可见怨风之甚。一"又"字,与子野词"残花中酒,又是去年病"之"又"字同妙。"艳粉"句,即东风所摧残之落花。"碧楼"两句,言隔帘见花飞零乱,景亦至佳。"还似"与"又"字相应,引起去年今日之情景。"谁知"两句,自怨自悔,皆因伤极而有此语。"春残"从"艳粉"来;"到处"从"去年"来。"此时"两句,自作解语,言费泪无益,惟有藉酒浇愁。此与同叔之"劝君莫做独醒人,烂醉花间应有数"同意。但小晏出之以问语,更觉深婉。又后主词云:"醉乡路稳宜频到,此外不堪行",此处"直须"二字,最能得其神理。

阮 郎 归

旧香残粉似当初。人情恨不如。一春犹有数行书。秋来书更疏。　衾凤冷,枕鸳孤。愁肠待酒舒。梦魂纵有也成虚。那堪和梦无。

此首起两句,言物是人非。"一春"两句,正写人不如之实,殊觉怨而不怒。换头,言独处之孤冷。"梦魂"两句,言和梦都无,亦觉哀而不伤。又此首上下片结处文笔,皆用层深之法,极为疏隽。少游云:"衡阳犹有雁传书,郴阳和雁无",亦与此意同。

阮 郎 归

天边金掌露成霜。云随雁字长。绿杯红袖趁重阳。人情似故乡。　　兰佩紫,菊簪黄。殷勤理旧狂。欲将沉醉换悲凉。清歌莫断肠。

此首起两句,言霜寒云薄,是深秋冷落景象,令人生悲。"绿杯"两句,言所以欲暂图沉醉,藉解悲凉者,一则因重阳佳节,一则因人情隆重。换头三句,言重阳行乐之实。"欲将"二字与"莫"字呼应,既将全词收束,更觉馀韵悠然。况蕙风释此词云:"'绿杯'二句,意已厚矣。'殷勤理旧狂'五字三层意,'狂'者,所谓一肚皮不合时宜,发见于外者也。'狂'已'旧'矣,而'理'之,而'殷勤理'之,其'狂'若有甚不得已者。'欲将沉醉换悲凉',是上句注脚。'清歌莫断肠',仍含不尽之意。此词沉着厚重,得此结句,便觉竟体空灵。"况氏所释颇精,并录于此。

虞 美 人

曲阑干外天如水。昨夜还曾倚。初将明月比佳期。长向月圆时候望人归。　　罗衣著破前香在。旧意谁教改。一春离恨懒调弦。犹有两行闲泪宝筝前。

　　此首写离恨。上片言望之切,下片言恨之深。起两句,是倚阑所见。"初将"两句,是倚阑所思。"罗衣著破",别离之久可知。前香犹在,旧意未改,亦极见忠厚之忱。"一春"两句,写筝前落泪,尤为哀惋。

思 远 人

红叶黄花秋意晚,千里念行客。飞云过尽,归鸿无信,何处寄书得。　泪弹不尽临窗滴。就砚旋研墨。渐写到别来,此情深处,红笺为无色。

此首调与题合。起韵谓对景怀人。次韵谓书不得寄,怀念愈切。换头承上,申言无处寄书而弹泪,虽弹泪而仍作书,用意极厚。滴泪研墨,真痴人痴事。末二句,不说己之悲哀,而言红笺都为无色,亦慧心妙语也。

苏 轼

水调歌头

丙辰中秋,欢饮达旦,大醉,作此篇兼怀子由。

明月几时有,把酒问青天。不知天上宫阙,今夕是何年。我欲乘风归去,惟恐琼楼玉宇,高处不胜寒。起舞弄清影,何似在人间。　　转朱阁,低绮户,照无眠。不应有恨,何事长向别时圆。人有悲欢离合,月有阴晴圆缺,此事古难全。但愿人长久,千里共婵娟。

此首中秋词。上片,因月而生天上之奇想;下片,因月而感人间之事实。挥洒自如,不假雕琢,而浩荡之气,超绝尘凡。胡仲任谓中秋词,自此词一出,馀词尽废,可见独步当时之概。起句,破空而来,奇崛异常,用意自太白"青天有月来几时,我欲停杯一问之"化出。"不知"两句,承上意,更作疑问,既不知月几时有,故亦不知至今天上为何年也。"我欲"三句,盖因问之不得其解,乃有乘风归去之愿,"我欲"与"惟恐"相呼应。"琼楼玉宇,高处不胜寒",就本意说固高妙,就寓意说亦极蕴藉。"起舞"两句,仍承上来,落到眼前情事,言既不得乘风归去,惟有徘徊于月下。

自首至此,一气奔放,诚觉有天风海雨逼人之势。换头,实写月光照人无眠。以下愈转愈深,自成妙谛。"不应"两句,写月圆人不圆,颇有恼月之意。"人有"三句一转,言人月无常,从古皆然,又有替月分解之意。"但愿"两句,更进一解,言人与月既然从古难全,惟有各自善保千金之躯,藉月盟心,长毋相忘。原意虽从谢庄《月赋》"隔千里兮共明月"句化出,然坡公加"但愿"二字,则情更深,意更厚矣。

水 龙 吟

次韵章质夫杨花词

似花还似非花,也无人惜从教坠。抛家傍路,思量却是,无情有思。萦损柔肠,困酣娇眼,欲开还闭。梦随风万里,寻郎去处,又还被、莺呼起。　　不恨此花飞尽,恨西园、落红难缀。晓来雨过,遗踪何在,一池萍碎。春色三分,二分尘土,一分流水。细看来不是杨花,点点是离人泪。

此首咏杨花,遗貌取神,压倒古今。起处,"似花还似非花"两句,咏杨花确切,不得移咏他花。人皆惜花,谁复惜杨花者?全篇皆从一"惜"字生发。"抛家"三句,承"坠"字,写杨花之态,惜其飘落无归也。"萦损"三句,摹写杨花之神,惜其忽飞忽坠也。"梦随风"三句,摄出杨花之魂,惜其忽往忽还也。以上写杨花飞舞之正面已毕。下片,更申言杨花之归宿,"惜"意愈深。"不恨"两句,从"飞尽"说起,惜春事已了也。"晓来"三句,惜杨花之经雨也。"春色"三句,惜杨花之沾泥落水也。"细看来"两句,更点出杨花是泪来,将全篇提醒。郑叔问所谓"画龙点睛"者是也。又自"晓来"以下,一气连贯,文笔空灵。先迁甫称为"化工神品"者,亦非虚誉。

永 遇 乐

彭城夜宿燕子楼,梦盼盼,因作此词。

明月如霜,好风如水,清景无限。曲港跳鱼,圆荷泻露,寂寞无人见。紞如三鼓,铿然一叶,黯黯梦云惊断。夜茫茫、重寻无处,觉来小园行遍。　　天涯倦客,山中归路,望断故园心眼。燕子楼空,佳人何在,空锁楼中燕。古今如梦,何曾梦觉,但有旧欢新怨。异时对、黄楼夜景,为余浩叹。

此首为坡公梦登燕子楼,翌日往寻其地之作。上片,述梦与夜景;下片,述寻其地之感。起三句,写夜深之明月如霜,好风如水,已觉幽绝。"曲港"三句,写月下之鱼跳露泻,更觉万籁无声,非复人世。以坡公之心境澄澈,故能体物微妙如此。"紞如"三句,言梦为鼓声叶声惊醒。"夜茫茫"三句,言惊醒后寻梦无处,故行遍小园以自遣耳。前六句正写小园景象,此六句则追述也。下片,因昨夜之梦,遂思及人生无常,古今如梦。"天涯"三句,自叹为客已久,颇有思归之意。"燕子"三句,则兴登楼之感,人去楼空,亦如一梦。十三字咏古超宕,说尽古今盛衰情事。自与少游"十三个字只说得一个人骑马楼前过",大不相侔。"古今"三句,叹梦觉者少。"异时"两句,设想后人亦会临夜念己。

洞 仙 歌

　　余七岁时,见眉州老尼,姓朱,忘其名,年九十岁。自言尝随其师入蜀主孟昶宫中。一日,大热,蜀主与花蕊夫人,夜纳凉摩诃池上,作一词,朱具能记之。今四十年,朱已死久矣,人无知此词者。但记其首两句。暇日寻味,岂〔洞仙歌令〕乎,乃为足之云。

冰肌玉骨,自清凉无汗。水殿风来暗香满。绣帘开、一点明月窥人,人未寝,欹枕钗横鬓乱。　　起来携素手,庭户无声,时见疏星渡河汉。试问夜如何,夜已三更,金波淡,玉绳低转。但屈指西风几时来,又不道流年,暗中偷换。

　　此首补足蜀主〔洞仙歌令〕纳凉词,风流超逸,亦是公得意之作。上片写帘内欹枕,下片写户外偕行,将热夜纳凉情景,写得清凉自在,如涉灵境。首两句为原句,写人已是丰姿绰约,一"自"字更觉丽质天生,不关景之清凉而清凉也。坡公补足"水殿"一句,人境双绝。人原自清凉,再加之临水临风,境既清凉,人愈清凉矣。"绣帘"两句,更写月来,陡现光明,是境似广寒,而人亦飘飘若仙矣。观其写水殿风来,池上香来,帘开月来,是何等豪华,何等闲适。"明月窥人","窥"字灵动。与欧公之"燕子飞来窥画栋"之"窥"字,同具传神之妙。"人未寝"两句,就明月方面窥出钗横鬓乱,情景宛然。换头,写月下携手徘徊,又是一番清幽景象。上言"人未寝",为时已晏;此言"庭户无声",为时更晏。"试问"三句,想见无人私语之情,而斗转河斜,徘徊尤久矣。"但屈指"两句,因大热纳凉,转念西风之来,因行乐未央,又深惜流光之速。全篇设想蜀主当日情事,补足原作,原作殆未能及。

卜算子

黄州定惠院寓居作

缺月挂疏桐,漏断人初静。谁见幽人独往来,缥缈孤鸿影。惊起却回头,有恨无人省。拣尽寒枝不肯栖,寂寞沙洲冷。

此首为东坡在黄州之作。起两句,写静夜之境。"谁见"两句,自为呼应,谓此际无人见幽人独往独来,惟有孤鸿缥缈,亦如人之临夜徘徊耳,此言鸿见人。下片,则言人见鸿,说鸿即以说人,语语双关,高妙已极。山谷谓"似非吃烟火食人语",良然。

青玉案

和贺方回韵,送伯固归吴中。

三年枕上吴中路。遣黄犬、随君去。若到松江呼小渡。莫惊鸳鹭,四桥尽是,老子经行处。　　辋川图上看春暮。常记高人右丞句。作个归期天已许。春衫犹是,小蛮针线,曾湿西湖雨。

此首《乐府雅词》作蒋宣卿,《阳春白雪》作姚志道,然题云送伯固归吴中,当以坡公为是。起句"三年枕上吴中路","三年",正伯固从公之时。"黄犬"句,用陆机黄犬传书事,望其归去,常通音书也。"若到"数句,羡其得归旧游之处,日日徜徉也。换头,言吴中风物之美如辋川,而伯固之诗亦如右丞。"作个"数句,奇境别开,盖因伯固之归,而叹己之不得归。但就"小蛮针线"上,显出宦游天涯之可哀,而己之欲归之情,亦倍见迫切。况蕙风云:"'曾湿西湖雨',是清语,非艳语。与上三句相连属,遂成奇艳、绝艳,令人爱不忍释。"观况氏所论,可知坡公天才吐露,往往馨逸,非后人所可效也。

江 城 子

乙卯正月二十日夜记梦

十年生死两茫茫。不思量。自难忘。千里孤坟,无处话凄凉。纵使相逢应不识,尘满面,鬓如霜。　夜来幽梦忽还乡。小轩窗。正梳妆。相顾无言,惟有泪千行。料得年年肠断处,明月夜,短松冈。

此首为公悼亡之作。真情郁勃,句句沉痛,而音响凄厉,诚后山所谓"有声当彻天,有泪当彻泉"也。起言死别之久。"千里"两句,言相隔之远。"纵使"二句,设想相逢不识之状。下片,忽折到梦境,轩窗梳妆,犹是十年以前景象。"相顾"两句,写相逢之悲,与起句"生死两茫茫"相应。"料得"两句,结出"肠断"之意。"明月"、"松冈",即"千里孤坟"之所在也。

南乡子

送述古

回首乱山横。不见居人只见城。谁似临平山上塔,亭亭。迎客西来送客行。　　归路晚风清。一枕初寒梦不成。今夜残灯斜照处,荧荧。秋雨晴时泪不晴。

　　此首,上片,送述古途中之景;下片,述归来怀念之情。文笔飘洒,情意真挚。"回首"两句,记送行之远。"谁似"三句,记山塔也知送行,极有情味。"归路"两句,记归路风清及归来之无寐。"今夜"三句,记入夜之悲哀,雨晴泪不晴,语意甚新。

念奴娇

赤壁怀古

大江东去,浪淘尽、千古风流人物。故垒西边,人道是、三国周郎赤壁。乱石崩云,惊涛裂岸,卷起千堆雪。江山如画,一时多少豪杰。　　遥想公瑾当年,小乔初嫁了,雄姿英发。羽扇纶巾,谈笑间、强虏灰飞烟灭。故国神游,多情应笑我,早生华发。人间如梦,一尊还酹江月。

　　此首,上片即景写实,下片因景生情,极豪放之致。起笔,点江流浩荡,高唱入云,无穷兴亡之感,已先揭出。"故垒"两句,点赤壁。"乱石"三句,写赤壁景色,令人惊心骇目。"江山"两句,折到人事,束上起下。换头逆入。"遥想"四句,记公瑾当年之雄姿。"故国"以下平出。述吊古之情,别出明月,与江波相映。此境此情,真不知人间何世矣。

贺 新 郎

乳燕飞华屋。悄无人、桐阴转午,晚凉新浴。手弄生绡白团扇,扇手一时似玉。渐困倚、孤眠清熟。帘外谁来推绣户,枉教人、梦断瑶台曲。又却是,风敲竹。　　石榴半吐红巾蹙。待浮花浪蕊都尽,伴君幽独。秾艳一枝细看取,芳心千重似束。又恐被、秋风惊绿。若待得君来,向此花前,对酒不忍触。共粉泪,两簌簌。

此首不必为官妓秀兰而作,写情景俱高妙。"乳燕"三句,写初夏午后之境,幽静已极。"晚凉"三句,写人浴后之秀丽。"渐困倚"数句,写人孤眠,又为风竹惊醒。以上皆记幽闺之事。下片,因见榴花独芳,遂借榴花说人,与〔卜算子〕下片单说鸿同格。"石榴"三句,写榴花之品格特高,与少陵所写"天寒翠袖薄,日暮倚修竹"之人相似。"秾艳"两句,写榴花之情意独厚。"又恐"一句,忽作顿挫,伤韶光易逝,花事难久。"若待得"数句。继此申言,花若再逢,必更憔悴,不堪重触矣。花落簌簌,泪落簌簌,故曰"两簌簌",写花写人,是二实一。

秦　观

望　海　潮

梅英疏淡,冰澌溶泄,东风暗换年华。金谷俊游,铜驼巷陌,新晴细履平沙。长记误随车。正絮翻蝶舞,芳思交加。柳下桃蹊,乱分春色到人家。　　西园夜饮鸣笳。有华灯碍月,飞盖妨花。兰苑未空,行人渐老,重来是事堪嗟。烟暝酒旗斜。但倚楼极目,时见栖鸦。无奈归心,暗随流水到天涯。

　　此首述游踪,情韵极胜。起三句,点明时令景物。初言梅落,继言冰泮。"东风"一句,略束。"暗换"二字,已有惊叹之意。"金谷"三句,叙出游。"新晴细履平沙",可见天气之佳,与人之闲适。"长记"一句,触景陡忆。自此至"飞盖妨花",皆回忆当日之盛况。"正絮翻"四句总束,设想奇绝。"西园"三句,写当日夜饮之乐。"华灯碍月",是灯光如昼也;"飞盖妨花",是嘉宾如云也;"夜饮鸣笳",是鼓吹沸天也,炼字琢句,精美绝伦。信乎谭复堂称其似"陈、隋小赋"也。"兰苑"以下,转笔伤今,化密为疏,又觉空灵荡漾,馀韵不尽。今者名园犹昔,而人来已老,追想当日风流,能无嗟叹。"烟暝"三句,是目前冷落景象,正与当日西园盛况对照。所见酒旗、栖鸦、流水,皆在在堪嗟之事。末以思归之意作结,颇有四顾苍茫之感。读此词令人怅惘无家。盖少游纯以温婉和平之音,荡人心魄。与屯田、东坡之使气者又不同也。

八 六 子

倚危亭。恨如芳草,萋萋刬尽还生。念柳外青骢别后,水边红袂分时,怆然暗惊。　　无端天与娉婷。夜月一帘幽梦,春风十里柔情。怎奈向、欢娱渐随流水,素弦声断,翠绡香减,那堪片片飞花弄晚,濛濛残雨笼晴。正销凝。黄鹂又啼数声。

　　此首,起处突兀,中间叙情委婉,末以景结,倍见含蓄。"倚危亭"句,周止庵谓为"神来之笔",实亦从李后主之"离恨恰如春草,更行更远还生"来。"念"字贯下两对句,为"恨"之所由生。"怆然"句顿住,言离别之可惊。"无端"三句,回忆昔时之浓情。"夜月"两对句极工丽。"怎奈向"三句转笔,言别后欢娱都杳。"素弦"两对句亦凄苦。"那堪"贯下两对句,言所见飞花残雨,愈增悲感,已深入一层。"正销凝"再作停顿。"黄鹂又啼数声",是闻声兴悲,更不堪矣。杜牧之云:"正销魂,梧桐又移翠阴",秦公盖效其句法也。

满 庭 芳

山抹微云,天黏衰草,画角声断谯门。暂停征棹,聊共引离尊。多少蓬莱旧事,空回首、烟霭纷纷。斜阳外,寒鸦万点,流水绕孤村。　　销魂。当此际,香囊暗解,罗带轻分。漫赢得青楼,薄幸名存。此去何时见也,襟袖上、空惹啼痕。伤情处,高城望断,灯火已黄昏。

此首写别情,缠绵凄惋。"山抹"两句,写别时所见景色,已是堪伤。"画角"一句,写别时所闻,愈加肠断。"暂停"两句,写饯别。"多少"两句,写别后之思念。"多少"句一开,"空回首"句一合。旧事无踪,但见烟霭纷纷,感喟曷极。"斜阳外"三句,更就眼前郊景描写,想见断肠人在天涯之苦况。下片,离怀万种,愈思愈悲。"销魂"二字一顿。"香囊"句,叹分别之易。"漫赢得"句,叹负人之深。"此去"句一开,"襟袖"句一合,叹相见之难。"伤情处"三字一顿,唤起下两句。"高城"两句,以景结,回应"谯门",伤情无限。

满 庭 芳

晓色云开,春随人意,骤雨才过还晴。古台芳榭,飞燕蹴红英。舞困榆钱自落,秋千外、绿水桥平。东风里,朱门映柳,低按小秦筝。　　多情。行乐处,珠钿翠盖,玉辔红缨。渐酒空金榼,花困蓬瀛。豆蔻梢头旧恨,十年梦、屈指堪惊。凭阑久,疏烟淡日,寂寞下芜城。

此首,前片写景,后片感怀。"晓色"三句,写雨过天晴,人意喜晴,而天竟晴,故曰"春随人意"。"古台"两句,写雨后景象。"舞困"句,体会物态入神。"东风"三句,写朱门行乐之事。换头六句,回忆昔日之豪情狂态。"豆蔻"两句,点明旧事堪惊。末亦以景结,极目"疏烟淡日",皆令人生愁,而又见其"寂寞下芜城",愁更深矣。

减字木兰花

天涯旧恨。独自凄凉人不问。欲见回肠。断尽金炉小篆香。　黛蛾长敛。任是春风吹不展。困倚危楼。过尽飞鸿字字愁。

此首一气舒卷,语特沉着。起两句,言独处凄凉。次两句,言怀人之切。就眼前炉香之曲曲,以喻柔肠之曲曲。下片两句,言愁眉难展。"困倚"两句,叹人去无信,断尽炉香,过尽飞鸿,皆愁极伤极之语。

浣 溪 沙

漠漠轻寒上小楼。晓阴无赖似穷秋。淡烟流水画屏幽。
自在飞花轻似梦,无边丝雨细如愁。宝帘闲挂小银钩。

　　此首,景中见情,轻灵异常。上片起言登楼,次怨晓阴,末述幽境。下片两对句,写花轻雨细,境更微妙。"宝帘"一句,唤醒全篇。盖有此一句,则帘外之愁境及帘内之愁人,皆分明矣。

阮 郎 归

湘天风雨破寒初。深沉庭院虚。丽谯吹罢小单于。迢迢清夜徂。　乡梦断,旅魂孤。峥嵘岁又除。衡阳犹有雁传书。郴阳和雁无。

　　此首述旅况,亦极凄惋。上片,起言风雨生愁,次言孤馆空虚。"丽谯"两句,言角声吹彻,人亦不能寐。下片,"乡梦"三句,抒怀乡怀人之情。"岁又除",叹旅外之久,不得便归也。"衡阳"两句,更伤无雁传书,愁愈难释。小山云:"梦魂纵有也成虚,那堪和梦无",与此各极其妙。

踏 莎 行

雾失楼台,月迷津渡。桃源望断无寻处。可堪孤馆闭春寒,杜鹃声里斜阳暮。　　驿寄梅花,鱼传尺素。砌成此恨无重数。郴江幸自绕郴山,为谁流下潇湘去。

此首写羁旅,哀怨欲绝。起写旅途景色,已有归路茫茫之感。"可堪"两句,景中见情,精深高妙。所处者"孤馆",所感者"春寒",所闻者"鹃声",所见者"斜阳",有一于此,已令人生愁,况并集一时乎。不言愁而愁自难堪矣。下片,言寄梅传书,致其相思之情。无奈离恨无数,写亦难罄。末引"郴江"、"郴山",以喻人之分别,无理已极,沉痛已极,宜东坡爱之不忍释也。

赵令畤

蝶恋花

欲减罗衣寒未去。不卷珠帘,人在深深处。红杏枝头花几许。啼痕止恨清明雨。　　尽日沉烟香一缕。宿酒醒迟,恼破春情绪。飞燕又将归信误。小屏风上西江路。

　　此首写闺情,清超绝俗。起三句,画出绣阁姝丽,惆怅自怜之态,欲减罗衣,而又未减,盖以寒犹未去也,为恐极目生愁,故珠帘不卷。"红杏"两句,因雨惜花,帘虽未卷,然料想花枝经雨,必已零落殆尽,故惜花而又恨雨。换头三句,极写凄寂之况。"宿酒醒迟",可见恨深酒多,一时难醒,而醒来空对一缕沉香,仍是无聊已极。"飞燕"两句,更深一层,叹人去无信,空对屏风怅望。因见屏风上之西江路,遂忆及人去之远,馀韵殊胜。

蝶 恋 花

卷絮风头寒欲尽。坠粉飘香,日日红成阵。新酒又添残酒困。今春不减前春恨。　蝶去莺飞无处问。隔水高楼,望断双鱼信。恼乱横波秋一寸。斜阳只与黄昏近。

　　此首起三句,言风吹花落之多。"新酒"两句,言愁恨之深。"蝶去"三句,言望信之切。"恼乱"两句,点出斜阳在目,伤感无限。此两首〔蝶恋花〕,又入《小山词》。盖风格清丽,绝似小山。若非小山之作,亦可追步小山。

舒　亶

虞美人

芙蓉落尽天涵水。日暮沧波起。背飞双燕贴云寒。独向小楼东畔倚阑看。　　浮生只合尊前老。雪满长安道。故人早晚上高台。寄我江南春色一枝梅。

此首,上片写境,下片抒情,用笔极疏隽。起两句,写沧波浩渺,是远旷之境。次两句,写燕贴云飞,是高寒之境。"独向"一句,总承,且见登高怀人之意。换头,从对面说起,愿故人登高时折梅寄赠,以慰相思,情意甚厚。

朱 服

渔家傲

小雨纤纤风细细。万家杨柳青烟里。恋树湿花飞不起。愁无际。和春付与东流水。　　九十光阴能有几。金龟解尽留无计。寄语东阳沽酒市。拚一醉。而今乐事他年泪。

此首亦上景下情作法。起两句,写雨中杨柳。"恋树"三句,写花落水流,皆令人生愁之景象。下片,写浮生若梦,惟有及时行乐。"而今乐事他年泪"句,一意化两,感伤无限。

毛 滂

惜 分 飞

富阳僧舍,作别语,赠妓琼芳。

泪湿阑干花著露。愁到眉峰碧聚。此恨平分取。更无言语空相觑。　　断雨残云无意绪。寂寞朝朝暮暮。今夜山深处。断魂分付潮回去。

　　此首别词。起两句,即言别离之哀。"泪湿"句,用白居易"玉容寂寞泪阑干,梨花一枝春带雨"诗意,花著露犹春带雨也。"此恨"两句,写别时情态,送行者与被送者,俱有离恨,故曰"平分取"。"无言"、"相觑",形容亦妙。"断雨"二句,言别后之寂寞。以上皆追述前事。"今夜"两句,始说出现时现地之思念,人不得去,惟有魂随潮去,情韵特胜。

陈 克

菩萨蛮

绿芜墙绕青苔院。中庭日淡芭蕉卷。蝴蝶上阶飞。风帘自在垂。　玉钩双语燕。宝甃杨花转。几处簸钱声。绿窗春梦轻。

　　此首写暮春景色,极见承平气象。起两句,写小庭苔深蕉卷。"蝴蝶"两句,写帘垂蝶飞,皆从帘内看出。下片记所闻,燕声、簸钱声,皆从绿窗睡轻听得。通首写景,而人之闲适自如,即寓景中。

张舜民

卖 花 声

题岳阳楼

木叶下君山。空水漫漫。十分斟酒敛芳颜。不是渭城西去客,休唱阳关。　　醉袖抚危阑。天淡云闲。何人此路得生还。回首夕阳红尽处,应是长安。

　　此首写登临之感,语颇悲壮。起写登楼之所见,语从《楚辞》"袅袅兮秋风,洞庭波兮木叶下"化出。次记楼中斟酒,不待闻歌,已感古今迁流之苦。下片承上,仍是伤高望远之情。末句,因夕阳而念及君国,含意温厚。

李之仪

卜算子

我住长江头,君住长江尾。日日思君不见君,共饮长江水。此水几时休,此恨何时已。只愿君心似我心,定不负相思意。

此首因长江以写真情,意新语妙,直类古乐府。起言相隔之远,次言相思之深。换头,仍扣定长江,言水无休时,恨亦无已时。末句,言两情不负,实本顾太尉语。

贺 铸

青玉案

凌波不过横塘路。但目送、芳尘去。锦瑟华年谁与度。月桥花院,琐窗朱户。只有春知处。　　飞云冉冉蘅皋暮。彩笔新题断肠句。试问闲情都几许。一川烟草,满城风絮。梅子黄时雨。

　　此首为幽居怀人之作,写境极岑寂,而中心之穷愁郁勃,并见言外。至笔墨之清丽飞动,尤妙绝一世。起句"凌波"、"芳尘",用《洛神赋》"美人不来,竟日凝伫",已写出惆怅之情,"锦瑟华年",用李义山诗,因人不来,故伤无人共度。"谁与"二字,藉问唤起,与"只有"二字相应。外则月桥花院,内则琐窗朱户,皆无人共度,只有春花慰藉,其孤寂可知。换头,另从对方说起,仍用《洛神赋》,言人去冉冉,杳无信息。"彩笔"一句,自述相思之苦,人既不来,信又不闻,故惟有自题自解耳。满纸幽伤,固是得力于楚骚者。"试问"一句,又藉问唤起。以下三句,以景作结,写江南景色如画,真绝唱也。作法亦自后主"问君能有几多愁"来。但后主纯用赋体,尽情吐露。此则含蓄不尽,意味更长。

浣 溪 沙

云母窗前歇绣针。低鬟凝思坐调琴。玉纤纤按十三金。归卧文园犹带酒,柳花飞度画堂阴。只凭双燕话春心。

　　此首写闺情,微细美妙。起句写倦绣,次句写调琴。"低鬟凝思",传调琴之神情;"玉纤"按弦,写调琴之状态;绿窗人静,独坐调琴,写出境美人美及琴声之美,而日长困倦之心情,亦于言外见之。下片,铺叙困极无聊,罢琴尝酒,至归卧之时,酒犹未消。"柳花"两句,即以卧时所见之景物作结,轻灵异常。

浣 溪 沙

楼角初消一缕霞。淡黄杨柳暗栖鸦。玉人和月摘梅花。笑捻粉香归洞户,更垂帘幕护窗纱。东风寒似夜来些。

  此首全篇写景,无句不美。"楼角"一句,写残霞当楼,是黄昏入晚时之景。"淡黄"一句,写新柳栖鸦,于馀红初消之中,有淡黄杨柳相映,而淡黄杨柳之中,更有栖鸦相映,境地极美。"玉人"一句,写新月,月下玉人,月下梅花,皆是美境,以境衬人,故月美花美,而人更美。下片,因外间寒生,乃捻花入户,记事生动活泼,如闻如见。"更垂"一句,显出人之华贵矜宠。收句,露出寒意,文笔空灵。此与少游"漠漠轻寒"一首,同为美妙小品。惟少游写人情沉郁悲凉,而此则有潇洒出尘之致耳。

石 州 慢

薄雨收寒,斜照弄晴,春意空阔。长亭柳色才黄,倚马何人先折。烟横水漫,映带几点归鸿,平沙销尽龙荒雪。犹记出关来,恰如今时节。　　将发。画楼芳酒,红泪清歌,便成轻别。回首经年,杳杳音尘都绝。欲知方寸,共有几许新愁,芭蕉不展丁香结。憔悴一天涯,两厌厌风月。

此首,上片写景,"空阔"二字,统括全景。初点日晚,次点柳黄。"烟横"三句,写远景空阔,音响尤佳。"犹记"十字,写别时所见之景相同也。下片抒情。换头承"出关",回忆昔日别时情况。"回首"两句,转到如今。"欲知"二句,一问一答,极见愁深念切。"芭蕉"句,原为李义山诗,拈来与上句映射,恰到好处。"憔悴"两句,以景收,写出两地思念,视前更进一层。

天　香

烟络横林,山沉远照,逦迤黄昏钟鼓。烛映帘栊,蛩催机杼,共惹清秋风露。不眠思妇,齐应和、几声砧杵。惊动天涯倦宦,骎骎岁华行暮。　　当年酒狂自负。谓东君、以春相付。流浪征骖北道,客樯南浦。幽恨无人晤语。赖明月、曾知旧游处。好伴云来,还将梦去。

此首触景怀旧,写足飘流之哀。"烟络"三句,晚景。"烛映"三句,夜景。"不眠"两句,更补足夜景。"惊动"两句,因景生情,蛩声、砧声,皆惊动天涯倦客之声也。换头,回忆当年,谓可以与春长住,与人长住。"流浪"三句,径转,谓奔驰南北,历尽辛酸,不能与春与人长住。魄力雄厚之处,正与周柳同工。"赖明月"三句,又转,谓明月伴人寻梦,差可欣慰。收处由情入景。月来入梦,梦回月落,境极微妙。

望 湘 人

厌莺声到枕,花气动帘,醉魂愁梦相半。被惜馀薰,带惊剩眼,几许伤春春晚。泪竹痕鲜,佩兰香老,湘天浓暖。记小江、风月佳时,屡约非烟游伴。　　须信鸾弦易断。奈云和再鼓,曲终人远。认罗袜无踪,旧处弄波清浅。青翰棹舣,白蘋洲畔。尽目临皋飞观。不解寄、一字相思,幸有归来双燕。

此首怀人,作法与〔石州慢〕、〔天香〕相似。上片皆由景生情,下片皆由情入景。起三句,总说人之心境。"莺声到枕"、"花气动帘"八字,境极美。而上冠一"厌"字,则人情之不堪可知。但所以闻莺、感气而厌者,则以醉魂、愁梦相半之故也。"被惜"三句,申说伤春之况,顾物犹在,顾影自怜。"几许"二字,更见伤春已久。"泪竹"三句,申说可伤之景,湘妃泪竹、屈子佩兰,皆令人触目生哀。"记小江"两句,拍合旧事,振起前片。盖以上所以伤春,皆以当年之人如今不在也。换头,用钱起"曲终人不见,江上数峰青"诗,言人散无踪。"认罗袜"两句,言人虽无踪,地犹可认。"青翰"三句,登高遥望,骋想无极。末句,转入景收,藉燕自宽。起厌莺,末幸燕,章法亦奇。

周邦彦

瑞 龙 吟

章台路。还见褪粉梅梢,试花桃树。愔愔坊陌人家,定巢燕子,归来旧处。　　黯凝伫。因念个人痴小,乍窥门户。侵晨浅约宫黄,障风映袖,盈盈笑语。　　前度刘郎重到,访邻寻里,同时歌舞。惟有旧家秋娘,声价如故。吟笺赋笔,犹记燕台句。知谁伴、名园露饮,东城闲步。事与孤鸿去。探春尽是,伤离意绪。官柳低金缕。归骑晚、纤纤池塘飞雨。断肠院落,一帘风絮。

　　此首为归院后追述游踪之作,与〔瑞鹤仙〕、〔夜飞鹊〕追述送客之作作法相同。第一片记地,"章台路"三字,笼照全篇。"还见"二字,贯下五句,写梅桃景物依稀,燕子归来,而人则不知何往,但徘徊于章台故路、愔愔坊陌,其怅惘之情为何如耶! 第二片记人,"黯凝伫"三字,承上起下。"因念"二字,贯下五句,写当年人之服饰情态,细切生动。第三片写今昔之感,层层深入,极沉郁顿挫缠绵宛转之致。"前度"四句,不明言人不在,但以侧笔衬托。"吟笺"二句,仍不明言人不在,但以"犹记"二字,深致想念之意。"知谁伴"二句,乃叹人去。"事与孤鸿去"一句,顿然咽住,盖前路尽力盘旋,至此乃归结,既以束上三层,且起下意。所谓事者,即歌舞、赋诗、露饮、闲步之事也。"探春"二句,揭出作意,唤醒全篇。前言所至之处,所见之景,所念之人,所记之事,无非伤离意绪,"尽是"二字,收拾无遗。"官柳"二句,写归途之景,回应篇首"章台路"。"断肠"二句,仍寓情于景,以风絮之悠扬,触起人情思之悠扬,亦觉空灵,耐人寻味。

风 流 子

新绿小池塘。风帘动,碎影舞斜阳。羡金屋去来,旧时巢燕,土花缭绕,前度莓墙。绣阁里,凤帏深几许,听得理丝簧。欲说又休,虑乖芳信,未歌先噎,愁近清觞。　　遥知新妆了,开朱户,应自待月西厢。最苦梦魂,今宵不到伊行。问甚时说与,佳音密耗,寄将秦镜,偷换韩香。天便教人,霎时厮见何妨。

此首写怀人,层次极清。"新绿"三句,先写外景,图画难足。帘影映水,风来摇动,故成碎影,而斜日反照,更成奇丽之景,一"舞"字尤能传神。"羡金屋"四句,写人立池外之所见。燕入金屋,花过莓墙,而人独不得去,一"羡"字贯下四句,且见人不得去之恨,徒羡燕与花耳。"绣阁里"三句,写人立池外之所闻。"欲说"四句,则写丝簧之深情。换头三句,写人立池外之所想,故曰"遥知"。"最苦"两句,更深一层,言不独人不得去,即梦魂亦不得去。"问甚时"四句,则因人不得去,故问可有得去之时。通篇皆是欲见不得之词。至末句乃点破"见"字。叹天何妨教人厮见霎时,亦是思极恨极,故不禁呼天而问之。

兰 陵 王

柳

柳阴直。烟里丝丝弄碧。隋堤上,曾见几番,拂水飘绵送行色。登临望故国。谁识。京华倦客。长亭路,年去岁来,应折柔条过千尺。　　闲寻旧踪迹。又酒趁哀弦,灯照离席。梨花榆火催寒食。愁一箭风快,半篙波暖,回头迢递便数驿。望人在天北。　　凄恻。恨堆积。渐别浦萦回,津堠岑寂。斜阳冉冉春无极。念月榭携手,露桥闻笛。沉思前事,似梦里,泪暗滴。

此首第一片,紧就柳上说出别恨。起句,写足题面。"隋堤上"三句,写垂柳送行之态。"登临"一句陡接,唤醒上文,再接"谁识"一句,落到自身。"长亭路"三句,与前路回应,弥见年来漂泊之苦。第二片写送别时情景。"闲寻",承上片"登临"。"又酒趁"三句,记目前之别筵。"愁一箭"四句,是别去之设想。"愁"字贯四句,所愁者即风快、舟快、途远、人远耳。第三片实写人。愈行愈远,愈远愈愁。别浦、津堠,斜阳冉冉,另开拓一绮丽悲壮之境界,振起全篇。"念月榭"两句,忽又折入前事,极吞吐之妙。"沉思"较"念"字尤深,伤心之极,遂迸出热泪。文字亦如百川归海,一片苍茫。

琐 窗 寒

暗柳啼鸦,单衣伫立,小帘朱户。桐花半亩,静锁一庭愁雨。洒空阶、夜阑未休,故人剪烛西窗语。似楚江暝宿,风灯零乱,少年羁旅。　　迟暮。嬉游处。正店舍无烟,禁城百五。旗亭唤酒,付与高阳俦侣。想东园、桃李自春,小唇秀靥今在否。到归时、定有残英,待客携尊俎。

　　此首寒食感怀词。起句点染,次句入事,第三句记地。"桐花"两句,写雨。"洒空阶"两句承上,言夜深话雨。"似楚江"三句,因今思昔,文笔荡开。"暝宿"与夜"雨"应,"风灯"与"剪烛"应。"迟暮"自"少年"转下,更写羁客之凄寂。旗亭唤酒,已属他人之事,故曰"付与",用撇笔以衬己之无心作乐。"想"字直到底,言思家之切。家中桃李无人同赏,故曰"自春"。"定有"与"在否"应。"携尊俎"与"唤酒"应。"待客"之"客"字,从"笑问客从何处来"之"客"字悟出,颇有意味。

六　丑

蔷薇谢后作

正单衣试酒,怅客里、光阴虚掷。愿春暂留,春归如过翼。一去无迹。为问花何在,夜来风雨,葬楚宫倾国。钗钿堕处遗香泽。乱点桃蹊,轻翻柳陌。多情为谁追惜。但蜂媒蝶使,时叩窗槅。　　东园岑寂。渐朦胧暗碧。静绕珍丛底,成叹息。长条故惹行客。似牵衣待话,别情无极。残英小、强簪巾帻。终不似、一朵钗头颤袅,向人欹侧。漂流处、莫趁潮汐。恐断红、尚有相思字,何由见得。

此首《蔷薇谢后作》,精深华妙,后难为继。起句,点天时人事。次句,言久客之感。"愿春"三句,言花落春去,留之不住。上言"光阴虚掷",已是怅惘,此言留春不住,怅惘更甚。又"春归如过翼",已见春之速,再足"一去无迹"一句,更见花尽春尽矣。周止庵谓此十三字"千回百折,千锤百炼",信不诬也。"为问"五字,一"问"字振起全篇,意亦双关。"夜来"两句,承上作答,风雨葬倾国,是无家也。"钗钿"三句,言落花狼藉之状。"多情"句一问,又作顿挫,蜂蝶叩窗槅寻香,即追惜者。换头,承上花落。花已落尽,无人来赏,故曰"岑寂"。"朦胧"句,以绿叶为衬

"静绕"句,可见徘徊之久,与惜花之深。"成叹息",束上起下,亦顿挫处。此下三事,皆可叹息之事也。"长条"三句,言长条恋人。"残英"三句,言残英无神。末三句,言断红难见。"何由见得"一问,尤见情致缠绵,依依不尽。

夜 飞 鹊

河桥送人处，良夜何其。斜月远堕馀辉。铜盘烛泪已流尽，霏霏凉露沾衣。相将散离会，探风前津鼓，树杪参旗。花骢会意，纵扬鞭、亦自行迟。　　迢递路回清野，人语渐无闻，空带愁归。何意重经前地，遗钿不见，斜径都迷。兔葵燕麦，向斜阳、影与人齐。但徘徊班草，欷歔酹酒，极望天西。

此首，上片追述昨夜送行情况，下片则述送客归来，更写一夜到晓之景。"相将"句，束上起下。"风前"两句，写前程景色，曙光已可见，故曰"探"。"花骢"两句，写离会散后，再送一程，不言人不愿行，而言花骢会意，语极巧妙，"纵"字与"亦"字呼应。"迢递"三句，言归路，去时难分，故不觉远，归来无侣，故觉"迢递"。"何意"一转，贯下数句。"前地"应篇首，地则犹是，而情景则大异矣。寻昨日之遗迹既无，而路又遥远，但见斜阳影里葵麦之高与人齐耳。"但徘徊"三句，抚今追昔，怅望无极！

满 庭 芳

夏日溧水无想山作

风老莺雏,雨肥梅子,午阴嘉树清圆。地卑山近,衣润费炉烟。人静乌鸢自乐,小桥外、新绿溅溅。凭阑久,黄芦苦竹,疑泛九江船。　　年年。如社燕,飘流瀚海,来寄修椽。且莫思身外,长近尊前。憔悴江南倦客,不堪听、急管繁弦。歌筵畔,先安簟枕,容我醉时眠。

此首在溧水作。上片写江南初夏景色,极细密;下片抒飘流之哀,极宛转。"风老"二句,实写景物之美。莺老梅肥,绿阴如幄,其境可思。"地卑"二句,承上,言所处之幽静。江南四月,雨多树密,加之地卑山近,故湿重衣润而费炉烟,是静中体会之所得。"人静"句,用杜诗,增一"自"字,殊有韵味。"小桥"句,亦静境。"凭阑久",承上。"黄芦"句,用白香山诗,言所居卑湿,恐如香山当年之住湓江也。换头,自叹身世,文笔曲折。叹年年如秋燕之飘流。"且莫思"句,以撇作转,劝人行乐,意自杜诗"莫思身外无穷事,且尽尊前有限杯"出。"憔悴"两句,又作一转,言虽强抑悲怀,不思身外,但当筵之管弦,又令人难以为情。"歌筵畔"一句,再转作收。言愁思无已,惟有借醉眠以了之也。

大 酺

春雨

对宿烟收,春禽静,飞雨时鸣高屋。墙头青玉旆,洗铅霜都尽,嫩梢相触。润逼琴丝,寒侵枕障,虫网吹黏帘竹。邮亭无人处,听檐声不断,困眠初熟。奈愁极频惊,梦轻难记,自怜幽独。　　行人归意速。最先念、流潦妨车毂。怎奈向、兰成憔悴,卫玠清羸,等闲时、易伤心目。未怪平阳客,双泪落、笛中哀曲。况萧索、青芜国。红糁铺地,门外荆桃如菽。夜游共谁秉烛。

此首因春雨而有感。起三句,点春雨。"墙头"三句,写屋外景;"润逼"三句,写屋内景,皆于静中会得。"邮亭"三句,写听雨入梦;"奈愁极"三句,写雨惊梦醒,皆足见雨声之繁,与独处之愁。换头,抒思归之情。"怎奈向"三句一转,言归去不得,触景伤感。"伤心目"三字,是全篇主脑,与〔瑞龙吟〕之伤离意绪相同。"未怪"二句,言伤极而泪落。"况萧索"三句,重述雨景。"夜游"句,与"自怜幽独"相应,馀情凄绝。

蝶恋花

月皎惊乌栖不定。更漏将阑,辘轳牵金井。唤起两眸清炯炯。泪花落枕红绵冷。　　执手霜风吹鬓影。去意徊徨,别语愁难听。楼上阑干横斗柄。露寒人远鸡相应。

　　此首写送别,景真情真。"月皎"句,点明夜深。"更漏"两句,点明将晓。天将晓即须赶路,故不得不唤人起,但被唤之人,猛惊将别,故先眸清,而继之以泪落,落泪至于湿透红绵,则悲伤更甚矣。以次写睡起之情,最为传神。"执手"句,为门外送别时之情景,"风吹鬓影",写实极生动。"去意"二句,写难分之情亦缠绵。"楼上"两句,则为人去后之景象。斗斜露寒,鸡声四起,而人则去远矣。此作将别前、方别及别后都写得沉着之至。

解 连 环

怨怀无托。嗟情人断绝,信音辽邈。纵妙手、能解连环,似风散雨收,雾轻云薄。燕子楼空,暗尘锁、一床弦索。想移根换叶。尽是旧时,手种红药。　　汀洲渐生杜若。料舟依岸曲,人在天角。漫记得、当日音书,把闲语闲言,待总烧却。水驿春回,望寄我、江南梅萼。拚今生、对花对酒,为伊泪落。

　　此首托为闺怨之词,起句"怨怀无托",已摄全篇。"嗟情人"两句,承上,言人去信杳。"纵妙手"两句,言人不在,无与为欢。"纵"字与"似"字呼应。"燕子"两句,言独处之凄凉。"想移根"两句,因见红药换叶,又忆及人去之久。换头推开,从远处说起。"人在天角"与"情人断绝"相应。"漫记得"句一开,"把闲语"句一合。烧却音书,盖怨之深也。"水驿"两句,仍望寄梅以慰相思,末句,更述其思极落泪,并合忠厚之旨。

拜星月慢

秋思

夜色催更,清尘收露,小曲幽坊月暗。竹槛灯窗,识秋娘庭院。笑相遇,似觉琼枝玉树相倚,暖日明霞光烂。水盼兰情,总平生稀见。　　画图中、旧识春风面。谁知道、自到瑶台畔。眷恋雨润云温,苦惊风吹散。念荒寒、寄宿无人馆。重门闭、败壁秋虫叹。怎奈向、一缕相思,隔溪山不断。

  此首追思昔游,无限伤感。昔日之乐与今日之哀,俱能加倍写足。起三句,写坊曲之夜色。"竹槛"两句,写入门见人。"笑相遇"以下数句,极称人情态缠绵。"似觉"两句贯下,"总平生"一句总承上文。"画图中"一句开,"谁知道"一句合。"瑶台畔"与"竹槛灯窗"相应。"眷恋"句承上,"苦惊风"句起下。"念荒寒"三句,皆写现今苦况,与上片对照,最为出色。末句,说出相思之情,亦悠然不尽。

关 河 令

秋阴时晴渐向暝。变一庭凄冷。伫听寒声,云深无雁影。

　　更深人去寂静。但照壁、孤灯相映。酒已都醒,如何消夜永。

　　此首写旅况凄清。上片是日间凄清,下片是夜间凄清。日间由阴而暝而冷,夜间由入夜而更深而夜永。写景抒情,层层深刻,句句精绝。小词能拙重如此,诚不多见。上片末两句,先写寒声入耳,后写仰视雁影。因闻声,故欲视影,但云深无雁影,是雁在云外也。天气之阴沉、寒云之浓重,并可知已。下片,"人去"补述,但有孤灯相映,其境可知。末两句,一收一放,哀不可抑。搏兔用全力,观此愈信。

尉 迟 杯

离恨

隋堤路。渐日晚、密霭生深树。阴阴淡月笼沙,还宿河桥深处。无情画舸,都不管、烟波隔前浦。等行人、醉拥重衾,载将离恨归去。　　因思旧客京华,长偎傍疏林,小槛欢聚。冶叶倡条俱相识,仍惯见、珠歌翠舞。如今向、渔村水驿,夜如岁、焚香独自语。有何人、念我无聊,梦魂凝想鸳侣。

　　此首夜宿舟中之作。"隋堤路"两句,写舟行所见两岸之晚景。"阴阴"两句,写舟泊河桥之夜景。"无情"四句,逆入近事,用唐人郑仲贤诗意,恨舟行之速,载人到此荒凉之景。换头,逆入远事。"因思"二字,直贯五句。"旧客"三句,是当日欢聚之地。"冶叶"两句,是当日欢聚之人。"如今向",勒转现境,"渔村水驿"正应"河桥深处"。陈述叔云:"'隋堤'一境,'京华'一境,'渔村水驿'一境,总收入'焚香独自语'一句中。"盖所语者,即当日之乐与今日之苦也。清真之因今及昔,因景及情,皆从柳出,特较之更深婉,更多变化耳。末句,言此际无人念我,我则念人不置,用意极朴拙浑厚。

西 河

金陵怀古

佳丽地。南朝盛事谁记。山围故国绕清江,髻鬟对起。怒涛寂寞打孤城,风樯遥度天际。　　断崖树,犹倒倚。莫愁艇子谁系。空馀旧迹郁苍苍,雾沉半垒。夜深月过女墙来,伤心东望淮水。　　酒旗戏鼓甚处市。想依稀、王谢邻里。燕子不知何世。入寻常巷陌人家相对。如说兴亡斜阳里。

　　此首金陵怀古,檃括刘禹锡诗意,但从景上虚说,不似王半山之"门外楼头"、陈西麓之"后庭玉树",搬弄六朝史实也。起言"南朝盛事谁记",即撇去史实不说。"山围"四句,写山川形胜,气象巍峨。第二片,仍写莫愁与淮水之景象,一片空旷,令人生哀。第三片,藉斜阳、燕子,写出古今兴亡之感。全篇疏荡而悲壮,足以方驾东坡。

瑞 鹤 仙

悄郊原带郭。行路永、客去车尘漠漠。斜阳映山落。敛馀红、犹恋孤城阑角。凌波步弱。过短亭、何用素约。有流莺劝我，重解绣鞍，缓引春酌。　　不记归时早暮，上马谁扶，醒眠朱阁。惊飙动幕。扶残醉，绕红药。叹西园、已是花深无地，东风何事又恶。任流光过却，犹喜洞天自乐。

　　此首追述昨日送客之作。起句，点送客之地。"客去"句，言"客去"之状。"斜阳"三句，是送客后返城之所见。"凌波"三句，写过短亭时又有所遇，因解鞍重酌。换头，从酒醒说起，略去昨日薄暮醉时之事。"惊飙"三句，因风起而念花落，故扶醉往视。"叹西园"三句，极写东风之恶，与花落之多。末两句，聊以自娱之意也。

浪淘沙慢

晓阴重，霜凋岸草，雾隐城堞。南陌脂车待发。东门帐饮乍阕。正拂面垂杨堪揽结。掩红泪、玉手亲折。念汉浦离鸿去何许，经时信音绝。　　情切。望中地远天阔。向露冷风清无人处，耿耿寒漏咽。嗟万事难忘，惟是轻别。翠尊未竭。凭断云、留取西楼残月。　　罗带光消纹衾叠。连环解、旧香顿歇。怨歌永、琼壶敲尽缺。恨春去、不与人期，弄夜色，空馀满地梨花雪。

此首怀人。自起处至"亲折"，皆追述往事。"晓阴重"三句，述晓发时景色。"南陌"两句，述饯行。"正拂面"二句，述折柳送别。"念汉浦"二句，始拍到现在。以下两片皆承上，念怅望之深。"嗟万事"二句，叹轻别之难忘。"翠尊"两句，即承述难忘之实。第三片，写别后之怨情，一气贯注。所谓光消、衾叠、香歇、壶缺，皆层层深入，如骤雨飘风，飒然而至。"恨春去"二句，总束春去无情，不与人以佳期，但铺满一地梨花，使人愁绝。"弄夜色"三字，于前路奔驰之下，忽作停顿，姿态横生。末句，又畅说，极尽摇曳之致。万红友谓此词"精绽悠扬，真千秋绝调"，确是的评。

叶梦得

贺新郎

睡起流莺语。掩苍苔、房栊向晚,乱红无数。吹尽残花无人见,惟有垂杨自舞。渐暖霭、初回轻暑。宝扇重寻明月影,暗尘侵、上有乘鸾女。惊旧恨,遽如许。　　江南梦断横江渚。浪黏天、葡萄涨绿,半空烟雨。无限楼前沧波意,谁采蘋花寄取。但怅望、兰舟容与。万里云帆何时到,送孤鸿、目断千山阻。谁为我,唱金缕。

此首纤丽而豪逸。上片,幽境幽情。起三句,言睡起时间与睡起见闻。向晚房栊,莺语花飞,是幽静之境。"吹尽"两句,更言庭院无人,惟有垂杨自舞。"渐暖霭"数句,言因暖而寻扇,因扇有乘鸾女,遂引起旧恨。下片,另从对面推论,人去远,无由重见。"江南"三句,写江天空阔之景。"无限"两句,写人远路远,深意难寄。"但怅望"三句,写千山阻隔,望亦徒然。末句,怅无人歌唱,振起全篇。

虞美人

雨后同幹誉、才卿置酒来禽花下作

落花已作风前舞。又送黄昏雨。晓来庭院半残红。惟有游丝,千丈袅晴空。　　殷勤花下同携手。更尽杯中酒。美人不用敛蛾眉。我亦多情,无奈酒阑时。

　　此首风格高骞,极似东坡。起言昨晚风雨交加,花已零落。"晓来"两句,言今晓花落之多,与游丝之长。下片,言花下携手,饮酒之乐。末句,慰人慰己,一往情深,盖美人若乐,我亦自乐,若美人蛾眉不展,我亦因之无欢意矣。

李清照

凤凰台上忆吹箫

香冷金猊,被翻红浪,起来慵自梳头。任宝奁尘满,日上帘钩。生怕离怀别苦,多少事、欲说还休。新来瘦,非干病酒,不是悲秋。　　休休。这回去也,千万遍阳关,也则难留。念武陵人远,烟锁秦楼。惟有楼前流水,应念我、终日凝眸。凝眸处,从今又添,一段新愁。

　　此首述别情,哀伤殊甚。起三句,言朝起之懒。"任宝奁"句,言朝起之迟。"生怕"二句,点明离别之苦,疏通上文;"欲说还休",含凄无限。"新来瘦"三句,申言别苦,较病酒悲秋为尤苦。换头,叹人去难留。"念武陵"四句,叹人去楼空,言水念人,情意极厚。末句,补足上文,馀韵更隽永。

醉花阴

薄雾浓云愁永昼。瑞脑消金兽。佳节又重阳,玉枕纱厨,半夜凉初透。　东篱把酒黄昏后。有暗香盈袖。莫道不销魂,帘卷西风,人比黄花瘦。

此首情深词苦,古今共赏。起言永昼无聊之情景,次言重阳佳节之感人。换头,言向晚把酒。着末,因花瘦而触及己瘦,伤感之至。尤妙在"莫道"二字唤起,与方回之"试问闲愁知几许"句,正同妙也。

声声慢

寻寻觅觅,冷冷清清,凄凄惨惨戚戚。乍暖还寒时候,最难将息。三杯两盏淡酒,怎敌他、晓来风急。雁过也,最伤心,却是旧时相识。　　满地黄花堆积。憔悴损、如今有谁堪摘。守着窗儿,独自怎生得黑。梧桐更兼细雨,到黄昏、点点滴滴。这次第,怎一个愁字了得。

　　此首纯用赋体,写竟日愁情,满纸呜咽。起下十四字叠字,总言心情之悲伤。中心无定,如有所失,故曰"寻寻觅觅"。房栊寂静,空床无人,故曰"冷冷清清"。"凄凄惨惨戚戚"六字,更深一层,写孤独之苦况,愈难为怀。以下分三层申言可伤之情景。"乍暖"两句,言气候寒暖不定之可伤。"三杯"两句,言晓风逼人之可伤。"雁过"两句,言雁声入耳之可伤。换头三句,仍是三层可伤之事。"满地"两句,言懒摘黄花之可伤。"守着"两句,言日长难黑之可伤。"梧桐"两句,言雨滴梧桐之可伤。末句,总束以上六层可伤之事。

念 奴 娇

萧条庭院,有斜风细雨,重门须闭。宠柳娇花寒食近,种种恼人天气。险韵诗成,扶头酒醒,别是闲滋味。征鸿过尽,万千心事难寄。　　楼上几日春寒,帘垂四面,玉阑干慵倚。被冷香消新梦觉,不许愁人不起。清露晨流,新桐初引,多少游春意。日高烟敛,更看今日晴未。

　　此首写心绪之落寞,语浅情深。"萧条"两句,言风雨闭门;"宠柳"两句,言天气恼人,四句以景起。"险韵"两句,言诗酒消遣;"征鸿"两句,言心事难寄,四句以情承。换头,写楼高寒重,玉阑懒倚。"被冷"两句,言懒起而不得不起。"不许"一句,颇婉妙。"清露"两句,用《世说》,点明外界春色,抒欲图自遣之意。末两句宕开,语似兴会,意仍伤极。盖春意虽盛,无如人心悲伤,欲游终懒,天不晴自不能游,实则即晴亦未必果游。李氏〔武陵春〕云"闻说双溪春尚好。也拟泛轻舟",亦与此同意;其下续云"只恐双溪舴艋舟,载不动许多愁",亦是打算一游,而终懒游也。

赵 佶

燕 山 亭

北行见杏花

裁剪冰绡,轻叠数重,淡著胭脂匀注。新样靓妆,艳溢香融,羞杀蕊珠宫女。易得凋零,更多少、无情风雨。愁苦。问院落凄凉,几番春暮。　　凭寄离恨重重,这双燕,何曾会人言语。天遥地远,万水千山,知他故宫何处。怎不思量,除梦里、有时曾去。无据。和梦也、新来不做。

此首为赵佶被俘北行见杏花之作。起首六句,实写杏花。前三句,写花片重叠,红白相间。后三句,写花容艳丽,花气秾郁。"羞杀"一句,总束杏花之美。"易得"以下,陡转变徵之音,怜花怜己,语带双关。花易凋零一层、风雨摧残一层、院落无人一层,愈转愈深,愈深愈痛。换头,因见双燕穿花,又兴孤栖鸾幙之感。燕不会人言语一层、望不见故宫一层、梦里思量一层、和梦不做一层,且问且叹,如泣如诉。总是以心中有万分委曲,故有此无可奈何之哀音,忽吞咽,忽绵邈,促节繁音,回肠荡气。况蕙风云:"'真'字是词骨,若此词及后主之作,皆以'真'胜者。"

陈与义

临江仙

高咏楚词酬午日,天涯节序匆匆。榴花不似舞裙红。无人知此意,歌罢满帘风。　　万事一身伤老矣,戎葵凝笑墙东。酒杯深浅去年同。试浇桥下水,今夕到湘中。

　　此首感时伤老,吐语峻拔。一起言时光之速,景物之异,感喟不尽。"无人"两句亦高朗,所谓此意,亦羁旅之感也。下片,大笔包举,劲气直达。"万事"两句,沉痛。"酒杯"三句,抒怀念之意。

临 江 仙

夜登小阁,忆洛中旧游。

忆昔午桥桥上饮,坐中多是豪英。长沟流月去无声。杏花疏影里,吹笛到天明。　　二十馀年如一梦,此身虽在堪惊。闲登小阁看新晴。古今多少事,渔唱起三更。

　　此首豪旷,可匹东坡。上片言昔事,下片言今情。"忆昔"两句,言地言人。"长沟"三句,言景言情。一气贯注,笔力疏宕。换头,忽转悲凉。"二十"两句,言旧事如梦。"闲登小阁"三句,仍以景收,叹惋不置。

周紫芝

鹧鸪天

一点残红欲尽时。乍凉秋气满屏帏。梧桐叶上三更雨,叶叶声声是别离。　　调宝瑟,拨金猊。那时同唱鹧鸪词。如今风雨西楼夜,不听清歌也泪垂。

此首因听雨而有感。起点夜凉灯残之时,次写夜雨,即用温飞卿词意。换头,忆旧时之乐。"如今"两句,折到现时之悲。"不听清歌也泪垂",情深语哀。

踏莎行

情似游丝,人如飞絮。泪珠阁定空相觑。一溪烟柳万丝垂,无因系得兰舟住。　　雁过斜阳,草迷烟渚。如今已是愁无数。明朝且做莫思量,如何过得今宵去。

此首叙别词。起写别时之哀伤。游丝飞絮,皆喻人之神魂不定;泪眼相觑,写尽两情之凄惨。"一溪"两句,怨柳不系舟住。换头点晚景,令人生愁。末言今宵之难遣,语极深婉。

徐　伸

二　郎　神

闷来弹鹊,又搅碎、一帘花影。漫试著春衫,还思纤手,熏彻金猊烬冷。动是愁端如何向,但怪得、新来多病。嗟旧日沈腰,如今潘鬓,怎堪临镜。　　重省。别时泪湿,罗衣犹凝。料为我厌厌,日高慵起,长托春酲未醒。雁足不来,马蹄难驻,门掩一庭芳景。空伫立,尽日阑干倚遍,昼长人静。

　　此首多说别后情事。张直夫谓幹臣为侍儿作,然宛转清丽,固是妙手偶得之作。起句,从举头闻鹊喜翻出,鹊原报喜,奈今无喜,故闷来怨鹊而弹之,极无理,极可味。因闷而弹鹊,因弹鹊而又搅碎花影,去闷招闷,故下曰"动是愁端"。"漫试著"三句,睹物怀人,倍增凄寂。"动是"二句,言愁极而病。"嗟旧日"三句,更言消瘦不堪。换头,从对面设想,料亦同感愁闷。"雁足"三句,收束两面,雁足既不将远书带来,而我之马蹄又不得去,空自闭门,情何以堪。末言尽日凝望,愁思愈深。

李 玉

贺 新 郎

春情

篆缕消金鼎。醉沉沉、庭阴转午,画堂人静。芳草王孙知何处,惟有杨花糁径。渐玉枕、腾腾春醒。帘外残红春已透,镇无聊、殢酒厌厌病。云鬟乱,未忺整。　　江南旧事休重省。遍天涯、寻消问息,断鸿难倩。月满西楼凭阑久,依旧归期未定。又只恐、瓶沉金井。嘶骑不来银烛暗,枉教人、立尽梧桐影。谁伴我,对鸾镜。

此首见《花庵词选》,惟又误入赵长卿《惜香乐府》。《阳春白雪》作潘元质亦误。李玉只传此一首,但情韵并胜。起写静境,并及人午睡,内而篆缕消鼎,外而杨花糁径,皆令人深感愁深。"渐玉枕"以下,写醒来景象,及醒来心情。伫视落花,倍觉无聊,故鬓乱亦不整也。下片,写凝望之切。"江南"三句,言消息杳然。"月满"两句,言己不得归。"又只恐"三句,言人不得来。末句,言无人为伴,惆怅极深。

鲁逸仲

南　浦

风悲画角,听单于、三弄落谯门。投宿骎骎征骑,飞雪满孤村。酒市渐阑灯火,正敲窗,乱叶舞纷纷。送数声惊雁,乍离烟水,嘹唳度寒云。　　好在半胧淡月,到如今、无处不销魂。故国梅花归梦,愁损绿罗裙。为问暗香闲艳,也相思、万点付啼痕。算翠屏应是,两眉馀恨倚黄昏。

此首写旅思。上片景,下片情,琢句极警峭。起写风送角声,次写雪满孤村,所闻所见,无非凄凉景象。"酒市"以下,更写晚间灯火与云中雁声,境尤可悲。下片,由景入情,乡思最切。"好在"两句,言见月销魂。"故国"两句,忆梅忆人。"为问"两句,承忆梅。"算翠屏"两句,承忆人。以己之深愁难释,故思及对方之人,亦应是馀恨难消也。

岳 飞

满 江 红

怒发冲冠,凭阑处、潇潇雨歇。抬望眼、仰天长啸,壮怀激烈。三十功名尘与土,八千里路云和月。莫等闲、白了少年头,空悲切。　　靖康耻,犹未雪。臣子恨,何时灭。驾长车、踏破贺兰山缺。壮志饥餐胡虏肉,笑谈渴饮匈奴血。待从头、收拾旧山河,朝天阙。

　　此首直抒胸臆,忠义奋发,读之足以起顽振懦。起言登高有恨,并略点眼前景色。次言望远伤神,故不禁仰天长啸。"三十"两句,自痛功名未立、神州未复,感慨亦深。"莫等闲"两句,大声疾呼,唤醒普天下之血性男儿,为国雪耻。下片承上,明言国耻未雪,馀憾无穷。"驾长车"三句,表明灭敌之决心,气欲凌云,声可裂石。着末,预期结果,亦见孤忠耿耿,大义凛然。

张　抡

烛影摇红

上元有怀

双阙中天,凤楼十二春寒浅。去年元夜奉宸游,曾侍瑶池宴。玉殿珠帘尽卷。拥群仙、蓬壶阆苑。五云深处,万烛光中,揭天丝管。　　驰隙流年,恍如一瞬星霜换。今宵谁念泣孤臣,回首长安远。可是尘缘未断。漫惆怅、华胥梦短。满怀幽恨,数点寒灯,几声归雁。

此首上元怀感词。上片述当年盛况,下片述现时凄凉,盛衰异象,哀乐亦异情。上下片映照,极荡人心魄,浓艳凄惋,兼而有之也。初写皇家凤阙外观之壮丽,次写皇家玉殿内容之豪华。"五云"三句,总写当年上元游乐,声影彻天之盛况。下片,忽转今情,有一落千丈之慨。"今宵"两句,尤重大。"可是"两句,伤往事如梦。末以惨淡之景结,与前景对比,异常出色。抡亲见徽朝盛时,又身历靖康之变,故写来真切如此。

张孝祥

六州歌头

长淮望断,关塞莽然平。征尘暗,霜风劲,悄边声。黯销凝。追想当年事,殆天数,非人力,洙泗上,弦歌地,亦膻腥。隔水毡乡,落日牛羊下,区脱纵横。看名王宵猎,骑火一川明。笳鼓悲鸣。遣人惊。　　念腰间箭,匣中剑,空埃蠹,竟何成。时易失,心徒壮,岁将零。渺神京。干羽方怀远,静烽燧,且休兵。冠盖使,纷驰骛,若为情。闻道中原遗老,常南望、翠葆霓旌。使行人到此,忠愤气填膺。有泪如倾。

此首伤时事,在建康留守席上作。上片写陷落区域之景象,下片抒个人之忠愤。起处望远愁生,叹长淮已成关塞。次写风沙满眼,景象极冷落。"追想"六句,伤我地为敌人所侵占。"隔水"三句,写敌骑之多。"看名王"三句,写敌人猎火之明与笳鼓之响。换头,转到己之有志莫遂。"时易失"三句,言神京难复。"干羽"六句,更伤议和者之众。"闻道"两句,言遗老之望御驾亲征。末言己之悲愤,盖敌人之猖狂如此,而我之君臣泄沓如此,故不禁有泪如倾也。

念 奴 娇

洞庭青草,近中秋、更无一点风色。玉鉴琼田三万顷,著我扁舟一叶。素月分辉,明河共影,表里俱澄澈。悠然心会,妙处难与君说。　　应念岭表经年,孤光自照,肝胆皆冰雪。短发萧骚襟袖冷,稳泛沧浪空阔。尽吸西江,细斟北斗,万象为宾客。扣舷独笑,不知今夕何夕。

　　此首月夜泛洞庭作。写水光月光,上下澄澈,境极空阔。而胸襟之洒落,气概之轩昂,亦可于境中见之。"洞庭"两句,言湖中无风。"玉鉴"两句,言湖面之广。"素月"三句,月光映水之美。"悠然"两句,收束上片,言泛舟之适。下片,写月下之感。"应念"三句,言中心之纯洁。"短发"两句,言夜深湖冷。"尽吸"三句,言湖上豪饮。末句,言湖上独笑。通篇景中见情,笔势雄奇。

韩元吉

好事近

凝碧旧池头,一听管弦凄切。多少梨园声在,总不堪华发。　杏花无处避春愁,也傍野烟发。惟有御沟声断,似知人呜咽。

此首在汴京作。公使金贺万春节,金人汴京赐宴,遂感赋此词。起言地,继言人;地是旧地,人是旧人,故一听管弦,即怀想当年,凄动于中。下片,不言人之悲哀,但以杏花生愁、御沟呜咽,反衬人之悲哀。用笔空灵,意亦沉痛。

袁去华

剑 器 近

夜来雨。赖倩得、东风吹住。海棠正妖娆处。且留取。悄庭户。试细听、莺啼燕语。分明共人愁绪。怕春去。

佳树。翠阴初转午。重帘未卷,乍睡起、寂寞看风絮。偷弹清泪寄烟波,见江头故人,为言憔悴如许。彩笺无数。去却寒暄,到了浑无定据。断肠落日千山暮。

  此首一气舒卷,清丽凄惋。上中两片,字句声韵皆同,是亦双拽头也。上片写见,中片写闻,所见风雨以后,海棠正美。所闻莺啼燕语,似怕春去。下片,写翠阴转午之幽静,与人睡起之无绪。"偷弹"三句,言思人憔悴,欲寄泪以自明。"彩笺"三句,盼人来无据。末一句,以景结,语精炼,振动全篇。

安 公 子

弱柳千丝缕。嫩黄匀遍鸦啼处。寒入罗衣春尚浅,过一番风雨。问燕子来时,绿水桥边路。曾画楼、见个人人否。料静掩云窗,尘满哀弦危柱。　　庾信愁如许。为谁都著眉端聚。独立东风弹泪眼,寄烟波东去。念永昼春闲,人倦如何度。闲傍枕、百啭黄鹂语。唤觉来厌厌,残照依然花坞。

　　此首怀人,以景起,以景结,前后照应。中间曲折宛转,情意深厚;语言生动挺拔,笔妙如环。开头写弱柳匀黄,鸦啼处处,有声有色。接着写风雨生寒。"问燕子"三句,向燕子发问,轻灵有韵味。歇拍遥想对方云窗独掩,凄寂已极。下片,自抒旅外苦况。为谁生愁?如何度日?出语倍加深刻。"独立"两句,言寄泪归去,尤见相忆之深。贺方回词云:"厌厌睡起,犹有花梢日在。"此词结语,正袭贺词。

陆　淞

瑞　鹤　仙

脸霞红印枕。睡觉来、冠儿还是不整。屏间麝煤冷。但眉峰压翠,泪珠弹粉。堂深昼永。燕交飞、风帘露井。恨无人、说与相思,近日带围宽尽。　　重省。残灯朱幌,淡月纱窗,那时风景。阳台路迥。云雨梦,便无准。待归来,先指花梢教看,欲把心期细问。问因循、过了青春,怎生意稳。

　　此首从睡觉写起,枕痕印脸,冠儿不整,是睡起状态。"屏间"三句,更写人愁眉垂泪之态。"堂深"两句,写睡起时景色。"恨无人"两句,写睡起时心情。下片,回忆旧景旧情,宛然在目。"阳台"两句,言别后之思念。"待归来"以下,设问灵慧,哀怨欲绝。

陆　游

卜　算　子

咏梅

驿外断桥边，寂寞开无主。已是黄昏独自愁，更著风和雨。　　无意苦争春，一任群芳妒。零落成泥碾作尘，只有香如故。

　　此首咏梅，取神不取貌，梅之高格劲节，皆能显出。起言梅开之处，驿外断桥，不在乎玉堂金屋；寂寞自开，不同乎浮花浪蕊。次言梅开之时，又是黄昏，又是风雨交加，梅之遭遇如此，故惟有独自生愁耳。下片，说明不与群芳争春之意，"零落"两句，更揭出梅之真性，深刻无匹。咏梅即以自喻，与东坡咏鸿同意。东坡放翁，固皆为忠忱郁勃，念念不忘君国之人也。

陈 亮

水 龙 吟

春恨

闹花深处层楼,画帘半卷东风软。春归翠陌,平莎茸嫩,垂杨金浅。迟日催花,淡云阁雨,轻寒轻暖。恨芳菲世界,游人未赏,都付与,莺和燕。　　寂寞凭高念远。向南楼、一声归雁。金钗斗草,青丝勒马,风流云散。罗绶分香,翠绡封泪,几多幽怨。正销魂,又是疏烟淡月,子规声断。

  此首凭高念远,疏宕有致。起数句,皆写景物。"闹花"两句,写楼高风微。"春归"三句,写平莎垂杨。"迟日"三句,写寒暖不定。"恨芳菲"三句,总束上片,好景无人赏,只与流莺闲燕赏之,可恨孰甚。换头,因雁去而念远。"金钗"三句,言当日之乐事无踪。"罗绶"三句,言别后之幽怨难消。"正销魂"三句,以景结,伤感殊甚。

辛弃疾

贺新郎

别茂嘉十二弟

绿树听鹈鴂。更那堪、鹧鸪声住,杜鹃声切。啼到春归无寻处,苦恨芳菲都歇。算未抵、人间离别。马上琵琶关塞黑,更长门、翠辇辞金阙。看燕燕,送归妾。　　将军百战身名裂。向河梁、回头万里,故人长绝。易水萧萧西风冷,满座衣冠似雪。正壮士、悲歌未彻。啼鸟还知如许恨,料不啼清泪长啼血。谁共我,醉明月。

此首送茂嘉十二弟,尽集古人许多离别故事。如文通《别赋》,妙在大气包举,沉郁悲凉。起五句,一气奔赴,如长江大河。连用"鹈鴂"、"鹧鸪"、"杜鹃"三鸟名,如温飞卿〔南歌子〕之运用鹦鹉、凤凰、鸳鸯三鸟名然。"算未抵"一句,束上起下,由景入情。"马上"三句,即用昭君、陈皇后、庄姜三妇人离别故事。下片,更举苏、李,荆轲离别故事,运化灵动,声情激越。"正壮士"一句,束上起下,由情入景,与篇首回应。末句,揭出己之独愁,是送别正意。周止庵谓此首"前片北都旧恨,后片南渡新恨"。观其前片所举之例极凄惨,而后片所举之例又极慷慨,则知止庵之说精到。

念 奴 娇

书东流村壁

野棠花落,又匆匆过了,清明时节。刬地东风欺客梦,一枕云屏寒怯。曲岸持觞,垂杨系马,此地曾经别。楼空人去,旧游飞燕能说。　　闻道绮陌东头,行人曾见,帘底纤纤月。旧恨春江流不断,新恨云山千叠。料得明朝,尊前重见,镜里花难折。也应惊问,近来多少华发。

　　此首书东流村壁。起句,破空而来,大声疾呼,弥见壮怀之激烈。盖失地已久,犹未恢复,而时光匆匆,又见花落,故不免既惊且叹。"刬地"两句陡接,琢句极细丽。风恶欺人,犹之妖氛四煽,亦倍见痛恨之深。"曲岸"三句折入,回忆旧事。"楼空"两句平出,惆怅今情。谓旧燕能说旧事,语极俊逸。下片,承上追怀当时之人。曾别、曾见,两"曾"字,皆旧恨。"旧恨"两句,总束上文,因不见当时之人,故旧恨如春江之流不断。而此后又未必得见当时之人,故新恨如云山之有千叠。东坡有"江上愁心千叠山"语。少游有"便做春江都是泪,流不尽许多愁"语。稼轩随手拈来,自然悲壮淋漓。"料得"两句,伤重见之难。"也应"两句,伤华发之多。梁任公谓此首"南渡之感",亦无疑问。

水 龙 吟

登建康赏心亭

楚天千里清秋,水随天去秋无际。遥岑远目,献愁供恨,玉簪螺髻。落日楼头,断鸿声里,江南游子。把吴钩看了,阑干拍遍,无人会,登临意。　　休说鲈鱼堪脍,尽西风、季鹰归未。求田问舍,怕应羞见,刘郎才气。可惜流年,忧愁风雨,树犹如此。倩何人、唤取红巾翠袖,揾英雄泪。

　　此首上片写景,下片抒情。起句浩荡,笼照全篇,包括山水空阔境界。"水随"一句,分写水;"遥岑"三句,分写山。"秋无际"从"水随天去"中见,"玉簪螺髻"从"远目"中见,皆用倒卷之笔。"落日"三句,写境极悲凉,与屯田之"霜风凄紧,关河冷落,残照当楼"同为佳境。"江南游子",亦倒卷之笔。"把吴钩"三句,写情事尤不堪,沉恨塞胸,一吐之于纸上,仲宣之赋无此慷慨也。换头,三用典,委曲之至。"休说"两句,用张翰事,言不得便归。"求田"两句,用刘备事,言不屑求田。"可惜"两句,用桓温事,言己之伤感。"倩何人"两句,十三字,应"无人会"句作结,豪气浓情,一时并集,如闻垓下之歌。

摸 鱼 儿

淳熙己亥,自湖北漕移湖南,同官王正之置酒小山亭,为赋。

更能消、几番风雨,匆匆春又归去。惜春长怕花开早,何况落红无数。春且住。见说道、天涯芳草无归路。怨春不语。算只有殷勤,画檐蛛网,尽日惹飞絮。　　长门事,准拟佳期又误。蛾眉曾有人妒。千金纵买相如赋,脉脉此情谁诉。君莫舞。君不见、玉环飞燕皆尘土。闲愁最苦。休去倚危阑,斜阳正在,烟柳断肠处。

此首以太白诗法,写忠爱之忱,宛转怨慕,尽态极妍。起处大踏步出来,激切不平。"惜春"两句,惜花惜春。"春且住"两句,留春。"怨春"三句,因留春不住,故怨春。王壬秋谓"画檐蛛网","指张俊、秦桧一流人",是也。下片,径言本意。"长门"两句,言再幸无望,而所以无望者,则因有人妒也。"千金"两句,更深一层,言纵有相如之赋,仍属无望。脉脉谁诉,与"怨春不语"相应。"君莫舞"两句顿挫,言得宠之人化为尘土,不必伤感。"闲愁"三句,纵笔言今情,但于景中寓情,含思极凄婉。

永遇乐

京口北固亭怀古

千古江山,英雄无觅,孙仲谋处。舞榭歌台,风流总被,雨打风吹去。斜阳草树,寻常巷陌,人道寄奴曾住。想当年、金戈铁马,气吞万里如虎。　　元嘉草草,封狼居胥,赢得仓皇北顾。四十三年,望中犹记,烽火扬州路。可堪回首,佛狸祠下,一片神鸦社鼓。凭谁问,廉颇老矣,尚能饭否。

    此首京口北固亭怀古词,虽曰怀古,实寓伤今之意。发端沉雄,与东坡"大江东去"相同,惟东坡泛言,稼轩则实本地风光。"舞榭"三句,承上奔往,极叹人物俱非。"斜阳"三句,记刘裕曾住之事。"想当年"两句,回忆刘裕盛况。换头,叹刘裕自为,不能恢复失地,四十三年自有重过此地之感。盖稼轩于绍兴三十二年知忠义军书记,尝奉表归朝。至开禧元年,又知镇江府,前后相距恰四十三年。"可堪"三句,仍致吊古之意,深叹当年宋之武功不竞,以致佛狸饮马长江,暗寓金人猖狂,亦同佛狸也。结句,自喻廉颇,悲壮之至。

祝英台近

晚春

宝钗分,桃叶渡,烟柳暗南浦。怕上层楼,十日九风雨。断肠片片飞红,都无人管,更谁劝、啼莺声住。　　鬓边觑。试把花卜归期,才簪又重数。罗帐灯昏,哽咽梦中语。是他春带愁来,春归何处,却不解、带将愁去。

　　此首借闺怨以寄意。《贵耳集》谓因吕正己之女而作,殆非其实。就词论,则温柔缠绵,一往情深。上片言人去后之冷落,下片言盼归之切。起言别时凄景,次言别后懒情。"断肠"三句,言人去后飞红既无人管,啼莺亦无人劝。换头三句,觑花卜归,才簪又数,写盼归之痴情可思。"罗帐"两句,言觑卜无凭,但记梦中哽咽之语,情更可伤。末用雍陶"今日已从愁里去,明年莫更共愁来"送春诗,但以问语出之,韵味尤厚。

菩 萨 蛮

书江西造口壁

郁孤台下清江水。中间多少行人泪。西北望长安。可怜无数山。　青山遮不住。毕竟东流去。江晚正愁余。山深闻鹧鸪。

此首书江西造口壁,不假雕绘,自抒悲愤。小词而苍莽悲壮如此,诚不多见。盖以真情郁勃,而又有气魄足以畅发其情。起从近处写水,次从远处写山。下片,将山水打成一片,慨叹不尽。末以愁闻鹧鸪作结,尤觉无限悲愤。

姜 夔

点 绛 唇

丁未冬,过吴松作。

燕雁无心,太湖西畔随云去。数峰清苦。商略黄昏雨。
第四桥边,拟共天随住。今何许。凭阑怀古。残柳参差舞。

　　此首过吴松作,通首写景,极淡远之致,而胸襟之洒落亦可概见。起写燕雁随云,南北无定,实以自况,一种潇洒自在之情,写来飘然若仙。"数峰"两句,体会深山幽静之境,亦极微妙。"清苦"二字,写山容欲活,盖山中沉阴不开,万籁俱寂,故觉群峰都似呈清苦之色也。"商略"二字,亦生动,盖当山雨欲来未来之际,谛视峰与峰之状态,似商略如何降雨也。换头,申怀古之意。"今何许"三字提唱,"凭阑"两句落应,哀感殊深。但捉住残柳一点言之,已见古今沧桑之异。用笔轻灵,而令人吊古伤今,不能自止。

鹧鸪天

元夕有所梦

肥水东流无尽期。当初不合种相思。梦中未比丹青见,暗里忽惊山鸟啼。　　春未绿,鬓先丝。人间别久不成悲。谁教岁岁红莲夜,两处沉吟各自知。

此首元夕感梦之作。起句沉痛,谓水无尽期,犹恨无尽期。"当初"一句,因恨而悔,悔当初错种相思,致今日有此恨也。"梦中"两句,写缠绵颠倒之情,既经相思,遂不能忘,以致入梦,而梦中隐约模糊,又不如丹青所见之真。"暗里"一句,谓即此隐约模糊之梦,亦不能久做,偏被山鸟惊醒。换头,伤羁旅之久。"别久不成悲"一语,尤道出人在天涯况味。"谁教"两句,点明元夕,兼写两面,以峭劲之笔,写缱绻之深情,一种无可奈何之苦,令读者难以为情。

踏 莎 行

自沔东来,丁未元日,至金陵,江上感梦而作。

燕燕轻盈,莺莺娇软。分明又向华胥见。夜长争得薄情知,春初早被相思染。　　别后书辞,别时针线。离魂暗逐郎行远。淮南皓月冷千山,冥冥归去无人管。

　　此首亦元夕感梦之作。起言梦中见人,次言春夜思深。换头言别后之难忘,情亦深厚。书辞针线,皆伊人之情也。天涯飘荡,睹物如睹人,故曰"离魂暗逐郎行远"。"淮南"两句,以景结,境既凄黯,语亦挺拔。昔晁叔用谓东坡词"如王嫱、西施,净洗脚面,与天下妇人斗好",白石亦犹是也。刘融斋谓白石"在乐则琴,在花则梅,在仙则藐姑冰雪",更可知白石之淡雅在东坡之上。

庆 宫 春

绍熙辛亥除夕,余别石湖归吴兴,雪后夜过垂虹,尝赋诗云:"笠泽茫茫雁影微,玉峰重叠护云衣;长桥寂寞春寒夜,只有诗人一舸归。"后五年冬,复与俞商卿、张平甫、铦朴翁自封禺同载,诣梁溪。道经吴松,山寒天迥,云浪四合,中夕相呼步垂虹,星斗下垂,错杂渔火,朔吹凛凛,危酒不能支。朴翁以衾自缠,犹相与行吟,因赋此阕,盖过旬,涂稿乃定。朴翁咎余无益,然意所耽,不能自已也。平甫、商卿、朴翁皆工于诗,所出奇诡;余亦强追逐之,此行既归,各得五十馀解。

双桨莼波,一蓑松雨,暮愁渐满空阔。呼我盟鸥,翩翩欲下,背人还过木末。那回归去,荡云雪、孤舟夜发。伤心重见,依约眉山,黛痕低压。　　采香径里春寒,老子婆娑,自歌谁答。垂虹西望,飘然引去,此兴平生难遏。酒醒波远,正凝想、明珰素袜。如今安在,惟有阑干,伴人一霎。

此首夜泛垂虹作,写境极空阔,写情亦放旷。初点湖天空阔、日暮天寒之境,次写盟鸥呼我之情,翩翩欲下。又过木末,写鸥飞最生动,而呼我之情尤觉亲切有味。"那回"两句,回忆昔年雪夜泛湖情景,宛然在目。

"伤心"两句,折入现景,点明山况。换头,因荡舟山川之间,又起怀古之思。"采香"三句,极写乐极而歌。"垂虹"三句,写孤舟远引,胸次浩然,逸兴遄飞,有翛然物外,浑忘尘世之高致,诚玉田所谓"野云孤飞,去留无迹"也。"酒醒"两句,复写乐极而饮,并酒醒后怀古之情。"如今安在"四字提唱,与〔点绛唇〕之"今何许"三字作法相同。"惟有"两句应上句,倍觉前尘如梦,只馀一片苍茫,令人叹息。王静安论词,辄标举境界之首。而诋白石,然若此首境界幽绝,又曷可轻诋。且白石所作,类皆情景交融,独臻神秀,又非一二写境之语,足以尽其词之美也。

齐 天 乐

丙辰岁,与张功父会饮张达可之堂,闻屋壁间蟋蟀有声,功父约余同赋,以授歌者。功父先成,辞甚美;余徘徊茉莉花间,仰见秋月,顿起幽思,寻亦得此。蟋蟀,中都呼为促织,善斗;好事者或以三、二十万钱致一枚,镂象齿为楼观以贮之。

庾郎先自吟愁赋。凄凄更闻私语。露湿铜铺,苔侵石井,都是曾听伊处。哀音似诉。正思妇无眠,起寻机杼。曲曲屏山,夜凉独自甚情绪。　　西窗又吹暗雨。为谁频断续,相和砧杵。候馆迎秋,离宫吊月,别有伤心无数。豳诗漫与。笑篱落呼灯,世间儿女。写入琴丝,一声声更苦。

此首咏蟋蟀,寄托遥深。起言愁人不能更闻蟋蟀。观"先自"与"更闻",正相呼应。而庾郎不过言愁人,并非谓庾郎曾有蟋蟀之吟也,其〔霓裳中序第一〕有云:"动庾信清愁似织"可证。陈伯弢讥庾郎《愁赋》无出典,未免深文罗织。言蟋蟀声如私语,体会甚细。"露湿"三句,记闻声之处。"哀音似诉"比"私语"更深一层,起下思妇闻声之感。"曲曲"两句,承上言思妇之悲伤,而出之以且叹、且问语气,文笔极疏俊委婉。换头,用"又"字承上,词意不断。夜凉闻声,已是感伤,何况又添暗雨,伤更甚矣。仍用问语叙述,亦令人叹惋不置,此类虚处传神,白石最擅长。"候馆"三句,言闻声者之伤感,不独思妇,皆愁极不堪者,一闻蟋蟀皆愁,故更有无数伤心也。伯弢又谓"候馆""离宫"与"铜铺""石井"重复,不知"铜铺""石井"乃自言听蟋蟀发声之处,"候馆""离宫"乃他人听蟋蟀之所在。一是听蟋蟀在何处,一是在何处听蟋蟀,用意各别,毫不重复。"豳诗"两句陡转,以无知儿女之欢笑,反衬出有心人之悲哀,意亦深厚。末言蟋蟀声谱入琴丝更苦,馀意不尽。

琵琶仙

《吴都赋》云："户藏烟浦，家具画船。"惟吴兴为然，春游之盛，西湖未能过也。己酉岁，余与萧时父载酒南郭，感遇成歌。

双桨来时，有人似、旧曲桃根桃叶。歌扇轻约飞花，蛾眉正奇绝。春渐远、汀洲自绿，更添了、几声啼鴂。十里扬州，三生杜牧，前事休说。　　又还是、宫烛分烟，奈愁里、匆匆换时节。都把一襟芳思，与空阶榆荚。千万缕、藏鸦细柳，为玉尊、起舞回雪。想见西出阳关，故人初别。

此首感怀旧游，情景交胜，而文笔清刚顿宕，尤人所难能。起写画船远来，中载有人，因远处隐约不清，仿佛旧游之人，故曰"似"。次写画船渐近，确似当年蛾眉，故曰"正"。扇约飞花，写景写人并妙。"春渐远"两句，一气径转，秀逸绝伦；不写人虽似实非之恨，但写出眼前见闻，以见旧游不堪回首之情。"十里扬州"三句，言前事之可哀，因说来伤感，故不如不说之为愈，语亦沉痛。换头，因景物似昔，颇感时光迁流之速。"都把"两句，因前事怕说，愁恨难消，故只有将无聊情思，付与榆荚。"千万缕"两句，言细柳起舞，更增人悲感。末句，回想当年初别时之情景，正与今同，亦有无限感伤。

八 归

湘中送胡德华

芳莲坠粉,疏桐吹绿,庭院暗雨乍歇。无端抱影销魂处,还见筱墙萤暗,藓阶蛩切。送客重寻西去路,问水面、琵琶谁拨。最可惜、一片江山,总付与啼鴂。　　长恨相逢未款,而今何事,又对西风离别。渚寒烟淡,棹移人远,缥渺行舟如叶。想文君望久,倚竹愁生步罗袜。归来后、翠尊双饮,下了珠帘,玲珑闲看月。

　　此首送别词。起写雨后静院之莲、桐,是昼景;次写雨后静院之萤、蛩,是晚景。以上皆言送别时之处境,文字细密。"送客"以下,顿开疏荡,声情激越。初闻水面琵琶而欢,次见一片江山而惜。"长恨"三句,恨分别之速;"渚寒"三句,叹人去之远。"想文君"以下,运太白诗,想家人望归之切,与归后之乐。全篇一气舒卷,极沉着而和婉。

念 奴 娇

　　余客武陵,湖北宪治在焉;古城野水,乔木参天。余与二三友,日荡舟其间,薄荷花而饮,意象幽闲,不类人境。秋水且涸,荷叶出地寻丈,因列坐其下,上不见日,清风徐来,绿云自动,间于疏处,窥见游人画船,亦一乐也。揭来吴兴,数得相羊荷花中。又夜泛西湖,光景奇绝,故以此句写之。

闹红一舸,记来时、尝与鸳鸯为侣。三十六陂人未到,水佩风裳无数。翠叶吹凉,玉容消酒,更洒菰蒲雨。嫣然摇动,冷香飞上诗句。　　日暮。青盖亭亭,情人不见,争忍凌波去。只恐舞衣寒易落,愁入西风南浦。高柳垂阴,老鱼吹浪,留我花间住。田田多少,几回沙际归路。

　　此首写泛舟荷花中境界,俊语纷披,意趣深远。首言与鸳鸯为侣,即富逸趣。"三十六"两句,写湖远无人,荷叶无数,亦清绝幽绝。"翠叶"三句,兼写荷叶及雨、酒、菰蒲。"嫣然"两句,写荷花姿态生动,不说人闻香,而说冷香飞来,缀句峭俊。换头,言日暮不忍便去。"只恐"两句,言西风愁入,不得不去。"高柳"三句,言虽然拟去,但柳、鱼犹留我暂住。"田田"两句,言终于归去,仍扣住田田莲叶作收。上片写景,下片笔笔转换,一往情深。

扬 州 慢

淳熙丙申至日,余过维扬。夜雪初霁,荠麦弥望。入其城则四顾萧条,寒水自碧,暮色渐起,戍角悲吟。余怀怆然,感慨今昔,因自度此曲。千岩老人以为有《黍离》之悲也。

淮左名都,竹西佳处,解鞍少驻初程。过春风十里,尽荠麦青青。自胡马、窥江去后,废池乔木,犹厌言兵。渐黄昏,清角吹寒,都在空城。　　杜郎俊赏,算而今、重到须惊。纵豆蔻词工,青楼梦好,难赋深情。二十四桥仍在,波心荡、冷月无声。念桥边红药,年年知为谁生。

此首写维扬乱后景色,凄怆已极。千岩老人,以为有《黍离》之悲,信不虚也。至文笔之清刚,情韵之绵邈,亦令人讽诵不厌。起首八字,以拙重之笔,点明维扬昔时之繁盛。"解鞍"句,记过维扬。"过春风"两句,忽地折入现时荒凉景象,警动异常。且十字包括一切,十里荠麦,则乱后之人与屋宇,荡然无存可知矣。正与杜甫"城春草木深"同意。"自胡马"三句,更言乱事之惨,即废池乔木,犹厌言之,则人之伤心自不待言。"渐黄昏"两句,再点出空城寒角,尤觉凄寂万分。换头,用杜牧之诗意,伤今怀昔,不尽欷歔。"重到须惊"一层,"难赋深情"又进一层,"二十四"两句,以现景寓情,字炼句烹,振动全篇。末句收束,亦含哀无限。正亦杜甫"细柳新蒲为谁绿"之意。玉田谓白石〔琵琶仙〕,与少游〔八六子〕同工。若此首,亦与少游〔满庭芳〕同为情韵兼胜之作。惟少游笔柔,白石笔健。少游所写为身世之感,白石则感怀家国,哀时伤乱,境极凄焉可伤,语更沉痛无比。参军芜城之赋,似不得专美于前矣。周止庵既屈白石于稼轩下,又谓白石情浅,皆非公论。

长亭怨慢

余颇喜自制曲,初率意为长短句,然后协以律,故前后阕多不同。桓大司马云:"昔年种柳,依依汉南。今看摇落,凄怆江潭。树犹如此,人何以堪。"此语余深爱之。

渐吹尽、枝头香絮。是处人家,绿深门户。远浦萦回,暮帆零乱,向何许。阅人多矣。谁得似、长亭树。树若有情时,不会得、青青如此。　　日暮。望高城不见,只见乱山无数。韦郎去也,怎忘得、玉环分付。第一是、早早归来,怕红萼、无人为主。算空有并刀,难剪离愁千缕。

此首写旅况,情意亦厚。首句从别时别处写起。"远浦"两句,记水驿经历。"阅人"两句,因见长亭树而生感,用《枯树赋》语。"树若"两句,翻"天若有情天亦老"意,措语亦俊。换头,记山程经历,文字如奇峰突起,拔地千丈。乱山深处,最难忘玉环分付,"第一"两句正是分付之语,言情极真挚。末以离愁难消作收。下片一气直贯到底,仿佛苏、辛。

淡 黄 柳

　　客居合肥南城赤阑桥之西,巷陌凄凉,与江左异;惟柳色夹道,依依可怜。因度此阕,以纾客怀。

空城晓角,吹入垂杨陌。马上单衣寒恻恻。看尽鹅黄嫩绿,都是江南旧相识。　　正岑寂。明朝又寒食。强携酒、小桥宅。怕梨花落尽成秋色。燕燕飞来,问春何在,惟有池塘自碧。

　　此首写客居合肥情况。"空城"两句,写凄凉景色。"马上"一句,倒卷之笔,盖晓起骏马过垂杨巷陌,既感角声凄咽,又感衣单寒重也。"看尽"两句,写柳色如旧识最有味。换头,又转悲凉。"强携酒"三句,勉自解宽。"梨花落尽成秋苑",长吉诗,白石只易一"色"字叶韵。"燕燕"两句提唱,"惟有"一句,以景拍合,但言池塘自碧,则花落春尽,不言自明。

暗 香

辛亥之冬,余载雪诣石湖。止既月,授简索句,且徵新声,作此两曲。石湖把玩不已,使工妓隶习之,音节谐婉,乃名之曰〔暗香〕、〔疏影〕。

旧时月色。算几番照我,梅边吹笛。唤起玉人,不管清寒与攀摘。何逊而今渐老,都忘却、春风词笔。但怪得、竹外疏花,香冷入瑶席。　　江国。正寂寂。叹寄与路遥,夜雪初积。翠尊易泣。红萼无言耿相忆。长记曾携手处,千树压、西湖寒碧。又片片、吹尽也,几时见得。

　　此首咏梅,无句非梅,无意不深,而托喻君国,感怀今昔,尤极宛转回环之妙。起四句,写旧时豪情,一气流走,峭警无匹。月下吹笛,皆为烘托梅花而设。试想月下赏梅,梅边吹笛,何等境界,何等情致。"唤起"两句承上,因笛声而又唤起玉人来摘梅,其境更美。"何逊"两句,陡转入如今衰时景象,人老才尽,既无吹笛之兴,亦无咏梅之才,壮志消磨,感喟无穷。"但怪得"两句,再转,实写梅花之疏影暗香,意谓虽不欲咏梅,但花香入席,引人诗思,又不能自已。换头推开,言折梅寄远,用陆凯诗,但路遥雪深,欲寄无从,徒有惆怅之情。"翠尊"两句,承上申说相思之苦,因不得寄,故对翠尊红萼而伤心。白石此等郁勃情深之处,不减稼轩。谭复堂谓此两句,得《骚》、《辨》之意。宋于庭亦谓白石词,似杜陵之诗,洵属知言。"长记"两句,回忆当年梅之盛、人之乐,与篇首相应,造境既美,缀语亦精,此是缩笔。末句,又展开,言梅落已尽,旧欢难寻,情极委婉。问"几时见得",想见"白头吟望苦低垂"之情。章法自清真〔六丑〕得来。

疏　影

苔枝缀玉。有翠禽小小,枝上同宿。客里相逢,篱角黄昏,无言自倚修竹。昭君不惯胡沙远,但暗忆、江南江北。想佩环、月夜归来,化作此花幽独。　　犹记深宫旧事,那人正睡里,飞近蛾绿。莫似春风,不管盈盈,早与安排金屋。还教一片随波去,又却怨、玉龙哀曲。等恁时、重觅幽香,已入小窗横幅。

　　此首咏梅,寄托亦深。起写梅花之貌,次写梅花之神;梅之美,梅之孤高,并于六句中写足。"昭君"两句,用王建咏梅诗意,抒寄怀二帝之情。"想佩环"两句,用杜诗意,拍到梅花,更见想望二帝之切,此玉田所谓"用事不为事所使"也。换头,用寿阳公主事,以喻昔时太平沉酣之状。"莫似"三句,申护花之情,即以申爱君之情。"还教"两句,言空劳爱护,终于随波飘流,但闻笛里梅花,吹出千里关山之怨来,又令人抱恨无限。"等恁时"两句,用崔橹诗,言幽香难觅,惟馀幻影在横幅之上,语更沉痛。篇中虽隶事,然运气空灵,笔墨飞舞。下片虚字,如"犹记"、"莫似"、"早与"、"还教"、"又却怨"、"等恁时"、"已入"之类,皆能曲折传神。

翠楼吟

淳熙丙午冬,武昌安远楼成,与刘去非诸友落之,度曲见志。余去武昌十年,故人有泊舟鹦鹉洲者,闻小姬歌此词,问之,颇能道其事;还吴,为余言之。兴怀昔游,且伤今之离索也。

月冷龙沙,尘清虎落,今年汉酺初赐。新翻胡部曲,听毡幕元戎歌吹。层楼高峙。看槛曲萦红,檐牙飞翠。人姝丽。粉香吹下,夜寒风细。　　此地。宜有词仙,拥素云黄鹤,与君游戏。玉梯凝望久,叹芳草、萋萋千里。天涯情味。仗酒祓清愁,花销英气。西山外。晚来还卷,一帘秋霁。

此首记武昌安远楼词。起言安远之意,次言安远之盛。"层楼"句,始写楼之正面,"看槛曲"两句,写楼之壮丽。"人姝丽"三句,写楼中之盛。此上片皆就楼之内外实写。下片,提空抒感,一气流转,笔如游龙。"此地"四句,用崔灏诗,言"宜有词仙",而竟无词仙,怅望曷极。"宜有"二字与"叹"字呼应。"宜有"句吞缩,"叹芳草"句吐放,韵味深厚。"天涯"三句,又一笔勒转,"仗"字亦承"叹"字来,因无词仙,愁不能释,故惟有仗花酒以消愁,言外慨叹中原无人之意甚明。着末以景结,画出晚晴气象,期望甚至,与烟柳断肠之境,又不相同。

章良能

小 重 山

柳暗花明春事深。小阑红芍药、已抽簪。雨馀风软碎鸣禽。迟迟日,犹带一分阴。　　往事莫沉吟。身闲时序好、且登临。旧游无处不堪寻。无寻处,惟有少年心。

　　此首上景下情,作法明晰,意致清婉。起言春深花发,次言雨后鸟鸣。"风软碎鸣禽",用杜荀鹤"风暖鸟声碎"诗。换头,抒及时行乐之意。"旧游"两句,以转笔作收,倍觉沉痛。

刘 过

唐多令

安远楼小集,侑觞歌板之姬黄其姓者,乞词于龙洲道人,为赋此〔唐多令〕。同柳阜之、刘去非、石民瞻、周嘉仲、陈孟参、孟容,时八月五日也。

芦叶满汀洲。寒沙带浅流。二十年、重过南楼。柳下系舟犹未稳,能几日,又中秋。　　黄鹤断矶头。故人曾到否。旧江山、浑是新愁。欲买桂花同载酒,终不似,少年游。

此首安远楼小集词,词旨豪逸。起两句点景,"二十年"一句点时,已极显今昔之感。"柳下"三句,更申言时光之速。"犹未"与"又"字呼应,尤觉宛转。下片,追忆故人不在,"旧江山、浑是新愁",缀语亦俊。"欲买"两句,直抒胸臆,跌宕昭彰。冯梦华谓龙洲学稼轩,"得其豪放,未得其宛转"。然若此首,固豪放宛转,兼得稼轩之神者。

俞国宝

风入松

一春长费买花钱。日日醉湖边。玉骢惯识西湖路,骄嘶过、沽酒楼前。红杏香中箫鼓,绿杨影里秋千。　　暖风十里丽人天。花压鬓云偏。画船载取春归去,馀情付、湖水湖烟。明日重扶残醉,来寻陌上花钿。

　　此首记湖上之盛况。起言游湖之豪兴,次言车马之纷繁。"红杏"两句,写湖上之美景及歌舞行乐之实情。换头,仍承上,写游人之钗光鬓影,绵延十里之长。"画船"两句,写日暮人归之情景。"明日"两句结束,饶有馀韵。

史达祖

绮罗香

咏春雨

做冷欺花,将烟困柳,千里偷催春暮。尽日冥迷,愁里欲飞还住。惊粉重、蝶宿西园,喜泥润、燕归南浦。最妨他、佳约风流,钿车不到杜陵路。　　沉沉江上望极,还被春潮晚急,难寻官渡。隐约遥峰,和泪谢娘眉妩。临断岸、新绿生时,是落红、带愁流处。记当日、门掩梨花,剪灯深夜语。

　　此首咏春雨,层次井然,清俊无比。起写雨中花柳,将春雨画出。"尽日"两句,刻画春雨尤细切。"惊粉重"两句,写雨中燕蝶,一惊一喜,亦是传神妙笔。"最妨他"两句,荡开,说到雨妨钿车,秀美之至。换头,写雨中江景,用韦苏州诗意。"隐约"两句,写雨中峰峦。"临断岸"两句,写雨中落红新绿。末句,用李义山诗意,忽地推开,回忆当日雨中情事。情景融会,逸趣横生,无怪白石之称赏也。

双 双 燕

咏 燕

过春社了,度帘幕中间,去年尘冷。差池欲住,试入旧巢相并。还相雕梁藻井。又软语、商量不定。飘然快拂花梢,翠尾分开红影。　　芳径。芹泥雨润。爱贴地争飞,竞夸轻俊。红楼归晚,看足柳昏花暝。应自栖香正稳。便忘了、天涯芳信。愁损翠黛双蛾,日日画阑独凭。

　　此首咏燕,神态逼真,灵妙非常。"过春社了"三句,记燕来之时。"差池"两句,言燕飞入巢。"还相"两句,摹写燕语。"欲"字、"试"字、"还"字、"又"字皆写足双燕之神。"飘然"两句,写燕飞去,俨然画境。换头承上,写燕飞之路。"爱贴地"两句,写燕飞之势。"红楼"两句,换笔写燕归。"看足柳昏花暝"一句,说尽双燕游乐之情。"应自"两句,换意写燕双栖,意义完毕。末结两句,推开,特点人事,盖用燕归人未归之意。"独凭"与双栖映射,最为俊巧。

三 姝 媚

烟光摇缥瓦。望晴檐多风,柳花如洒。锦瑟横床,想泪痕尘影,凤弦常下。倦出犀帷,频梦见、王孙骄马。讳道相思,偷理绡裙,自惊腰衩。　　惆怅南楼遥夜。记翠箔张灯,枕肩歌罢。又入铜驼,遍旧家门巷,首询声价。可惜东风,将恨与、闲花俱谢。记取崔徽模样,归来暗写。

此首忆旧游,辞情俱胜,最得清真之神理。一起写景物,摇荡人心。"锦瑟"以下,皆推想对方之悲哀,"想"字直贯到底。"锦瑟"三句,是想伊人不理凤弦;"倦出"三句,是想伊人思极入梦;"讳道"三句,是想伊人顾影自怜。"讳道"、"偷理"、"自惊",描摹入神。换头,回忆昔游之欢情。"又入"三句,记近日重寻旧地,重访旧人。"可惜"两句,言今人虽见,而今事已非,一笔勒转,感喟无穷。此与清真〔瑞龙吟〕之"事与孤鸿去"作法相同。末句,记归来写影,仍是望不尽之情。案从此首末句归来写影观之,则上片所述皆归来后之怅望与痴想。

八　归

秋江带雨,寒沙萦水,人瞰画阁愁独。烟蓑散响惊诗思,还被乱鸥飞去,秀句难续。冷眼尽归图画上,认隔岸、微茫云屋。想半属、渔市樵村,欲暮竟然竹。　　须信风流未老,凭持尊酒,慰此凄凉心目。一鞭南陌,几篙官渡,赖有歌眉舒绿。只匆匆眺远,早觉闲愁挂乔木。应难奈故人天际,望彻淮山、相思无雁足。

此首写景神似白石。起写秋江寒沙之景。"画阁"一句,统括全篇。"烟蓑"三句,写江中动态。"冷眼"四句,写隔岸远景。换头,自叹飘零,藉酒宽慰。"一鞭"两句,藉人宽慰,皆缩笔。"只匆匆"两句,又从以上两层宽慰放开,说到眺远生愁。末句,更深入,说到故人无信,"望彻淮山",与篇首"人瞰画阁愁独"相应,章法完密。

刘克庄

木 兰 花

戏林推

年年跃马长安市。客舍似家家似寄。青钱换酒日无何,红烛呼卢宵不寐。　　易挑锦妇机中字。难得玉人心下事。男儿西北有神州,莫滴水西桥畔泪。

此首题作《戏林推》,实含有无限家国之感。起言推之游侠生活,次言推之日夜豪情。换头,言冶游之无益,隐有劝勉之意。着末唤醒痴迷,似当头棒喝,警动非常。

潘牥

南乡子

题南剑州妓馆

生怕倚阑干。阁下溪声阁外山。惟有旧时山共水,依然。暮雨朝云去不还。　　应是蹑飞鸾。月下时时整佩环。月又渐低霜又下,更阑。折得梅花独自看。

　　此首题南剑州妓馆,无限悲哀。起言"怕倚阑干",以溪声山色,在在堪悲也。"惟有"两句,深入一层,加足今昔之感。换头,记客馆之人,不记夜深人去之悲,梅既无人共赏,而折梅又无由寄去,故惟有自看,此真凄凉怨慕之音也。

吴文英

夜合花

自鹤江入京泊葑门有感

柳暝河桥,莺晴台苑,短策频惹春香。当时夜泊,温柔便入深乡。词韵窄,酒杯长。剪蜡花、壶箭催忙。共追游处,凌波翠陌,连棹横塘。　　十年一梦凄凉。似西湖燕去,吴馆巢荒。重来万感,依前唤酒银罂。溪雨急,岸花狂。趁残鸦、飞过苍茫。故人楼上,凭谁指与,芳草斜阳。

　　此首泊舟葑门,感怀旧游之作。"柳暝"三句,记泊舟上陆,点明题面。"当时"以下,逆入,记旧游之乐。"词韵窄"三句,极写当时之狂欢。"共追游处"三句,更承上申说当时邀游水上、岸上之乐,文字极生动飞舞。换头,平出今情,陡转凄凉,"似西湖"两句,言人去。"重来"两句,言重来之感。"溪雨急"三句,点出眼前之景。"故人"三句,仍以景收,揭出人去楼空、无人共眺之哀。下片,一气贯注,笔力排奡,绝似屯田。

霜叶飞

重九

断烟离绪。关心事,斜阳红隐霜树。半壶秋水荐黄花,香噀西风雨。纵玉勒、轻飞迅羽。凄凉谁吊荒台古。记醉踏南屏,彩扇咽寒蝉,倦梦不知蛮素。　　聊对旧节传杯,尘笺蠹管,断阕经岁慵赋。小蟾斜影转东篱,夜冷残蛩语。早白发、缘愁万缕。惊飙从卷乌纱去。漫细将、茱萸看,但约明年,翠微高处。

此首咏重九词。起点题前之景,因断烟而触起离绪,融景于情。"关心事"三字,隐摄下文。"斜阳"句,写秋林如画。"半壶"两句,点重九景物。秋水作雨,黄花噀香,殊觉景物感人,无以为欢,而西风骤起,更觉凄苦。"纵玉勒"两句,言无心登高吊古,突出悲凉,大笔挺劲。"记醉踏"三句,逆入,述当年重九登高之乐。当时醉踏南屏,歌咽寒蝉,迨倦极入梦,竟不知蛮素之在侧也。换头,欲图消遣,终难消遣。"聊对"句,只是无聊应景,哀不可抑。以下层层推阐,愈转愈深,纯是清真法乳。人去经岁,尘已封笺,蠹已生管,故虽断阕亦慵赋也。"小蟾"两句,点出夜境,"东篱"反映"南屏","残蛩"反映"蛮素",凄寂已极。"早白发"两句,倒装句法,盖因帽落而见白发也。"漫细将"两句,翻用杜诗"明年此会知谁健,醉把茱萸仔细看"之意。言今年无心登高,或者明年有兴登高,实则今年如此,明年可知。语似宽解,意实沉痛。"但约"二字,与"聊对"两字同意,皆足见强乐无味之情。

浣 溪 沙

门隔花深梦旧游。夕阳无语燕归愁。玉纤香动小帘钩。　落絮无声春堕泪,行云有影月含羞。东风临夜冷于秋。

　　此首感梦之作。起句,梦旧游之处。"夕阳"两句,梦人归搴帘之态。换头,抒怀人之情,因落絮以兴起人之堕泪,因行云以比人之含羞。"东风"句,言夜境之凄凉,与贺方回〔浣溪沙〕结句"东风寒似夜来些"相同。

点绛唇

试灯夜初晴

卷尽愁云,素娥临夜新梳洗。暗尘不起。酥润凌波地。辇路重来,仿佛灯前事。情如水。小楼熏被。春梦笙歌里。

  此首赏灯之感。起言云散月明,次言天街无尘,皆雨后景色。换头,陡入旧情,想到当年灯市之景。"情如"三句,抚今思昔,无限感伤,而琢句之俊丽,似齐梁乐府。

祝英台近

春日客龟溪,游废园。

采幽香,巡古苑,竹冷翠微路。斗草溪根,沙印小莲步。自怜两鬓清霜,一年寒食,又身在、云山深处。　　昼闲度。因甚天也悭春,轻阴便成雨。绿暗长亭,归梦趁风絮。有情花影阑干,莺声门径,解留我、霎时凝伫。

　　此首游园之感,文字极疏隽,而沉痛异常。起记游园,次记园中所见。"自怜"三句,抒游园之感。三句三层:人老一层,时速一层,处境一层,打并一起,百端交集矣。换头,闲度长昼,无聊之甚。因当时遇雨,故有天不做美之叹。"绿暗"两句,言归期无定,絮轻梦轻,故曰"归梦趁风絮","趁"字幽梦缥缈。予谓此句与晏同叔之"炉香静逐游丝转",皆可会词中消息。"有情"三句,收合"游"字,化无情为有情,语挚情浓。

祝英台近

除夜立春

剪红情，裁绿意，花信上钗股。残日东风，不放岁华去。有人添烛西窗，不眠侵晓，笑声转、新年莺语。　　旧尊俎。玉纤曾擘黄柑，柔香系幽素。归梦湖边，还迷镜中路。可怜千点吴霜，寒消不尽，又相对、落梅如雨。

　　此首除夜立春感怀。"剪红情"三句，点立春。"残日"两句，点除夜。"有人"三句，极写他人除夜立春之欢乐。下片，折到己身一边说，凄伤已极，与上片欢情对照，倍加警动。"旧尊俎"三句逆入，回忆旧日立春情事，因玉纤曾擘黄柑，故谓柔香曾系幽素，设想痴绝。"归梦"两句，转身言欲归不得。"可怜"三句，言人、时、境三层，略同前首歇拍，而笔力之重大，亦俱足以媲美清真。即此两首〔祝英台近〕，已可见梦窗词回肠荡气，一往情深。玉田轻诋，殊非公论。

澡兰香

淮安重午

盘丝系腕，巧篆垂簪，玉隐绀纱睡觉。银瓶露井，彩箑云窗，往事少年依约。为当时、曾写榴裙，伤心红绡褪萼。黍梦光阴，渐老汀洲烟蒻。　　莫唱江南古调，怨抑难招，楚江沉魄。薰风燕乳，暗雨梅黄，午镜澡兰帘幕。念秦楼、也拟人归，应剪菖蒲自酌。但怅望、一缕新蟾，随人天角。

　　此首重午怀归之赋。"盘丝"三句，写当年重午玉人之装束及睡态。"银瓶"三句，写当年重午饮宴歌舞之盛。"往事"一句，束上五句，用先叙后点法，点明以上皆少年旧事也。"为当时"句，用《宋书》王献之书羊欣白练裙事，而改"练"为"榴"，既切睡中事，又切重午景。"伤心"句平出，叹人物都非。"黍梦"两句承上，叹光阴迅速，风景渐变。此与白石〔琵琶仙〕之"春渐远、汀洲自绿，更添了几声啼鴂"，词境相同。换头提唱，从家中设想家人望归，如宋玉之招屈原，盖借重午古事，以言今情也。"薰风"三句，设想家中重午景物。"念秦楼"两句，设想家人重午之独酌。"但怅望"两句，转到自身之望月怀人，重午月初生，故云"一缕新蟾"。下片"莫唱"、"难招"、"念"、"也拟"、"应"、"自"、"但"等虚字，皆能呼应传神，而收笔清峭，亦类白石。

风 入 松

听风听雨过清明。愁草瘗花铭。楼前绿暗分携路，一丝柳、一寸柔情。料峭春寒中酒，交加晓梦啼莺。　　西园日日扫林亭，依旧赏新晴。黄蜂频扑秋千索，有当时、纤手香凝。惆怅双鸳不到，幽阶一夜苔生。

　　此首西园怀人之作。上片追忆昔年清明时之别情，下片入今情，怅望不已。起言清明日风雨落花之可哀，次言分携时之情浓，"一丝柳、一寸柔情"，则千丝柳亦千尺柔情矣。"料峭"两句，凝炼而曲折，因别情可哀，故藉酒消之，但中酒之梦，又为啼莺惊醒，其怅恨之情，亦云甚矣。"料峭"二字叠韵，"交加"二字双声，故声响倍佳。换头，入今情，言人去园空，我则依旧游赏，而人则不知何往矣。"黄蜂"两句，触物怀人。因园中秋千，而思纤手；因黄蜂频扑，而思香凝，情深语痴。此与因黄柑而思及"柔香系幽素"相同。梦窗〔莺啼序〕云："记琅玕、新诗细掐，早陈迹、香痕纤指。"〔西子妆慢〕云："燕归来，问彩绳纤手，如今何许。"或因竹而思及掐诗之纤指，或因燕而思及彩绳系绳之纤手，皆同一思路。"惆怅"两句，用古诗意，望人不到，但有苔生，意亦深厚。

莺啼序

春晚感怀

残寒正欺病酒,掩沉香绣户。燕来晚、飞入西城,似说春事迟暮。画船载、清明过却,晴烟冉冉吴宫树。念羁情,游荡随风,化为轻絮。　　十载西湖,傍柳系马,趁娇尘软雾。溯红渐、招入仙溪,锦儿偷寄幽素。倚银屏、春宽梦窄,断红湿、歌纨金缕。暝堤空,轻把斜阳,总还鸥鹭。　　幽兰旋老,杜若还生,水乡尚寄旅。别后访、六桥无信,事往花萎,瘗玉埋香,几番风雨。长波妒盼,遥山羞黛,渔灯分影春江宿,记当时、短楫桃根渡。青楼仿佛,临分败壁题诗,泪墨惨淡尘土。　　危亭望极,草色天涯,叹鬓侵半苎。暗点检、离痕欢唾,尚染鲛绡,亸凤迷归,破鸾慵舞。殷勤待写,书中长恨,蓝霞辽海沉过雁,漫相思、弹入哀筝柱。伤心千里江南,怨曲重招,断魂在否。

此首春晚感怀,字字凝炼,句句有脉络,绵密醇厚,兼而有之。而转身运气之处,尤能使全篇生动飞舞,信乎陈亦峰云"全章精粹,空绝千古"矣。论其内容,共分四片。第一片因春景兴起,第二片逆述西湖旧游,第三片平述别后,第四片总束,极言相思之苦。兹就此大意释之。"残寒"两句,言病酒掩户,盖从伤春叙起。"燕来晚"两句,点所见之景一,"似说"二字,体会燕语生动。"画船"两句,点所见之景二,晴烟冉冉,最足撩人情思。"念羁情"两句,承上开下,羁情游荡,共晴烟风絮,融成一片,含思极绵邈。"十载"三句,思昔日湖上风光。"溯红"两句,记昔日之艳遇。"倚银屏"两句,记昔日之乍遇旋分。"暝堤空"三句,记昔日分后无踪,不得重逢。此片与〔渡江云〕清明湖上之作相似。"幽兰"三句,自述别后旅况。"别后"四句,言前事俱非。"长波"三句,记夜宿春江之境。"记当时"四句,蓦忆当年湖上情事,凄恻已极。末片,层层深入,收尽前事,精力弥满。"危亭"三句,承"长波"、"遥山",既抒望远之情,复自叹近日衰老。"暗点检"两句,顾物伤神。"欢唾"收束第二片,"离痕"收束第三片,俯仰之间,在在堪伤,极似太白"举头望明月,低头思故乡"神理。"鸾凤"两句,言欲归不得,欲舞无心。"殷勤"三句,言欲寄无雁。"漫相思"一句结穴,销纳满腔烦冤。"伤心"三句,自上句推进,运化《招魂》末句"目极千里兮伤春心,魂兮归来哀江南"意作收,且遥与首片歇拍"羁情游荡"相应,篇法完密。《四库提要》谓梦窗词为诗中之李商隐,良非无见。

八声甘州

灵岩陪庚幕诸公游

渺空烟四远,是何年、青天坠长星。幻苍崖云树,名娃金屋,残霸宫城。箭径酸风射眼,腻水染花腥。时靸双鸳响,廊叶秋声。　　宫里吴王沉醉,倩五湖倦客,独钓醒醒。问苍波无语,华发奈山青。水涵空、阑干高处,送乱鸦、斜日落渔汀。连呼酒、上琴台去,秋与云平。

　　此首游灵岩词。起从远望点灵岩。"幻苍崖"三句,吊馆娃宫。"箭径"两句,吊采香径。"时靸"两句,吊响屧廊。换头,承上吊古之意,言吴王以沉醉而亡国,范蠡以独醒而全身。"问苍波"以下,空际转身,将吊古及身世之感尽融入景中。前片所言馆娃宫、采香径、响屧廊,俱已化为乌有,只有山青水碧,乱鸦盘空而已。末句,更转一境,亦"更上一层楼"之意,与起句相应。全篇波澜壮阔,笔力奇横。

踏 莎 行

润玉笼绡,檀樱倚扇。绣圈犹带脂香浅。榴心空叠舞裙红,艾枝应压愁鬟乱。　　午梦千山,窗阴一箭。香瘢新褪红丝腕。隔江人在雨声中,晚风菰叶生秋怨。

　　此首感梦之作。上片梦端午时家人睡情,下片梦后之感。起三句,写睡时之容姿。次两句,写睡时之服饰。换头,言梦醒之迷惘。"香瘢"句,设想家人此际之瘦损。"隔江"两句,以目前凄凉之景色结束。晚江风雨,菰叶萧萧,虽非秋亦若秋也。全篇缀语秾密,以"梦"钩勒,而末以疏淡语收,至觉警动。

黄孝迈

湘春夜月

近清明。翠禽枝上销魂。可惜一片清歌,都付与黄昏。欲共柳花低诉,怕柳花轻薄,不解伤春。念楚乡旅宿,柔情别绪,谁与温存。　　空尊夜泣,青山不语,残照当门。翠玉楼前,惟是有、一陂湘水,摇荡湘云。天长梦短,问甚时、重见桃根。这次第、算人间没个并刀,剪断心上愁痕。

此首抒羁旅之感,上下片作法皆是即景生情。上片由闻入情,下片由见入情,文笔宛妙。时近清明,闻翠禽已销魂,而黄昏清歌更不堪闻。"欲共"两句,自为呼应,韵致最胜。"念楚乡"三句,揭出旅况。换头宕开,实写眼前所见之青山残照。湘水湘云,境既空阔,情亦凄悲。"天长"两句,叹相见无期。"谁与温存"与"甚时重见"两问,有浅深之别。末句,总申愁情,与白石之"算空有并刀,难剪离愁千缕",结法相同。

无名氏

青玉案

年年社日停针线。怎忍见、双飞燕。今日江城春已半。一身犹在,乱山深处。寂寞溪桥畔。　　春衫著破谁针线。点点行行泪痕满。落日解鞍芳草岸。花无人戴,酒无人劝。醉也无人管。

此首写游子飘零,语浅情深。起两句,从时序、景物叙述。"怎忍见"句,含凄无限。"今日"数句,点明所处之境地,"已"字、"犹"字呼应,倍见沉痛。换头,写在外实况。春衫著破,无人缝绽,可见飘零之久与独处之哀。"落日"数句,更以景色烘染情事。三层递下,写足游子内心之苦闷。语极疏朗,情殊可悯。

刘辰翁

兰陵王

<small>丙子送春</small>

送春去。春去人间无路。秋千外、芳草连天,谁遣风沙暗南浦。依依甚意绪。漫忆海门飞絮。乱鸦过,斗转城荒,不见来时试灯处。　　春去。最谁苦。但箭雁沉边,梁燕无主。杜鹃声里长门暮。想玉树凋土,泪盘如露。咸阳送客屡回顾。斜日未能渡。　　春去。尚来否。正江令恨别,庾信愁赋。苏堤尽日风和雨。叹神游故国,花记前度。人生流落,顾孺子,共夜语。

  此首题作送春,实寓亡国之痛。三片皆重笔发端振起,以下曲折述怀,哀感弥深。"秋千外"三句,承"无路",写出一片凄迷景色。"依依"句,顿宕。"漫忆"数句,大笔驰骤,叹当年之繁华已无觅处。第二片,历数春之燕与杜鹃,以衬人之伤春。第三片,叹故国好春,空馀神游。末言人生流落之可哀。

宝鼎现

红妆春骑,踏月影、竿旗穿市。望不尽、楼台歌舞,习习香尘莲步底。箫声断、约彩鸾归去,未怕金吾呵醉。甚辇路、喧阗且止,听得念奴歌起。　　父老犹记宣和事。抱铜仙、清泪如水。还转盼、沙河多丽。滉漾明光连邸第。帘影冻、散红光成绮。月浸葡萄十里。看往来、神仙才子,肯把菱花扑碎。　　肠断竹马儿童,空见说、三千乐指。等多时、春不归来,到春时欲睡。又说向、灯前拥髻。暗滴鲛珠坠。便当日、亲见霓裳,天上人间梦里。

　　此首铺写当年月夜游赏之乐,而一二字句钩勒今情,即觉兴衰迥异,凄动心目。第一片,极写当年游人之众、楼台之丽与歌舞之盛。第二片,更记当年灯月交辉之美。第三片,回忆旧游,恍如一梦,灯前想象,不禁泪堕。

周　密

高　阳　台

送陈君衡被召

照野旌旗,朝天车马,平沙万里天低。宝带金章,尊前茸帽风欹。秦关汴水经行地,想登临、都付新诗。纵英游、叠鼓清笳,骏马名姬。　　酒酣应对燕山雪,正冰河月冻,晓陇云飞。投老残年,江南谁念方回。东风渐绿西湖岸,雁已还、人未南归。最关情、折尽梅花,难寄相思。

　　此首送陈君衡北上,兼有豪侠俊逸之胜。起写途景,气概颇大。次写途情,胸次亦壮。一路饮酒赋诗,笳鼓喧喧,且有名姬相伴,写来何等风流旷达。换头,设想远去冰雪之域。"投老"两句,自伤无人顾念。"东风"两句,叹人去不归。着末备致怀念之意,殊觉真挚。

玉 京 秋

　　长安独客,又见西风、素月丹枫,凄然其为秋也,因调夹钟羽一解。

烟水阔。高林弄残照,晚蜩凄切。碧砧度韵,银床飘叶。衣湿桐阴露冷,采凉花、时赋秋雪。叹轻别。一襟幽事,砌虫能说。　　客思吟商还怯。怨歌长、琼壶暗缺。翠扇恩疏,红衣香褪,翻成消歇。玉骨西风,恨最恨、闲却新凉时节。楚箫咽。谁寄西楼淡月。

　　此首感秋而赋。起点晚景,次写夜景。"叹轻别"三句,入别恨。下片,承别恨层层深入。"客思"两句,恨客居之无俚。"翠扇"两句,恨前事之消歇。"玉骨"两句,恨时光之迅速。末揭出凄寂之感。

曲 游 春

禁烟湖上薄游,施中山赋词甚佳,余因次其韵。盖平时游舫,至午后则尽入里湖,抵暮始出断桥,小驻而归,非习于游者不知也。故中山极击节余"闲却半湖春色"之句,谓能道人之所未云。

禁苑东风外,飏暖丝晴絮,春思如织。燕约莺期,恼芳情偏在,翠深红隙。漠漠香尘隔。沸十里、乱弦丛笛。看画船、尽入西泠,闲却半湖春色。　　柳陌。新烟凝碧。映帘底宫眉,堤上游勒。轻暝笼寒,怕梨云梦冷,杏香愁幂。歌管酬寒食。奈蝶怨、良宵岑寂。正满湖、碎月摇花,怎生去得。

此首记游湖情景,自午至夜,次序井然。初写湖上风光;次写湖上花繁,与湖上笙歌之盛;再次写湖上游舫之实况。换头,写堤上游人之众。"轻暝"三句,记晚寒人归。"歌管"两句,记湖上入夜之岑寂。末以月湖空濛境界作结。通体精炼,词采音响交胜。

花　犯

水仙花

楚江湄，湘娥再见，无言洒清泪。淡然春意。空独倚东风，芳思谁寄。凌波路冷秋无际。香云随步起。漫记得，汉宫仙掌，亭亭明月底。　　冰弦写怨更多情，骚人恨，枉赋芳兰幽芷。春思远，谁叹赏、国香风味。相将共、岁寒伴侣，小窗静、沉烟熏翠被。幽梦觉，涓涓清露，一枝灯影里。

　　此首上片写花，下片写人惜花，轻灵宛转，韵致胜绝。起写花之姿容，继写花之内情，后写花之丰神。换头以下，惜花无人赋，花无人赏。"相将共"以下，拍到己身。上是花伴人，下是人赏花，将人与花写得缱绻缠绵，令人玩味不尽。

蒋 捷

贺 新 郎

梦冷黄金屋。叹秦筝、斜鸿阵里,素弦尘扑。化作娇莺飞归去,犹认纱窗旧绿。正过雨、荆桃如菽。此恨难平君知否,似琼台、涌起弹棋局。消瘦影,嫌明烛。　　鸳楼碎泻东西玉。问芳踪、何时再展,翠钗难卜。待把宫眉横云样,描上生绡画幅。怕不是、新来妆束。彩扇红牙今都在,恨无人、解听开元曲。空掩袖,倚寒竹。

此首感旧词,极吞吐之妙。发端言梦冷尘扑,是一凄极境界。"化作"两句,承上言筝声,仍扣住旧境,语甚奇警。"正过雨"句,顿住,点雨景。"此恨"四句,叹世局改移,令人恨极而瘦。换头,伤旧游难寻。"待把"二字,与"怕不是"呼应,词笔曲折,言描画情影不能逼肖也。"彩扇"两句,再用曲笔,言知音已杳,物是人非也。末以美人自喻,倍见孤臣迟暮之感。

女 冠 子

元夕

蕙花香也。雪晴池馆如画。春风飞到,宝钗楼上,一片笙箫,琉璃光射。而今灯漫挂。不是暗尘明月,那时元夜。况年来、心懒意怯,羞与蛾儿争耍。　　江城人悄初更打。问繁华谁解,再向天公借。剔残红灺。但梦里隐隐,钿车罗帕。吴笺银粉砑。待把旧家风景,写成闲话。笑绿鬟邻女,倚窗犹唱,夕阳西下。

　　此首元夕感赋。起六句,极力煊染昔时元夕之盛况。"蕙花"两句,写月光;"春风"四句,写灯光,中间人影、箫声,盛极一时。"而今"二字,陡转今情,哀痛无比。时既非当时之时,人亦非当时之人,故无心闲赏元夕。换头六句,皆今夕冷落景象,反应起六句盛时景象。人悄灯残,此情真不堪回首。"吴笺"以下六句,一气舒卷,言我自伤往,而人犹乐今,可笑亦可叹也。

张 炎

高阳台

西湖春感

接叶巢莺,平波卷絮,断桥斜日归船。能几番游,看花又是明年。东风且伴蔷薇住,到蔷薇、春已堪怜。更凄然、万绿西泠,一抹荒烟。　当年燕子知何处,但苔深韦曲,草暗斜川。见说新愁,如今也到鸥边。无心再续笙歌梦,掩重门、浅醉闲眠。莫开帘:怕见飞花,怕听啼鹃。

此首西湖春感,沉哀沁人。"接叶"三句,平起,点明地时景物。"能几番"两句,陡转,叹盛时无常,警动之至。"东风"两句,自为开合,寄慨亦深。"更"字进一层写景,"万绿"八字,写足湖上春尽,一片惨淡迷离之景。换头承上,提问燕归何处。"但"字领两句,叹春去、燕去,繁华都歇。"见说"两句,以鸥之愁衬人之愁。"无心"两句,实写人之愁态。江山换劫,闭门醉眠,此心真同槁木死灰矣。末以撇笔作收,飞花、啼鹃,徒增人之愁思,故不如不闻不见也。

渡 江 云

　　山阴久客,一再逢春,回忆西杭,渺然愁思。

山空天入海,倚楼望极,风急暮潮初。一帘鸠外雨,几处闲田,隔水动春锄。新烟禁柳,想如今、绿到西湖。犹记得、当年深隐,门掩两三株。　　愁余。荒洲古溆,断梗疏萍,更漂流何处。空自觉、围羞带减,影怯灯孤。长疑即见桃花面,甚近来、翻笑无书。书纵远,如何梦也都无。

　　此首伤离念远。起写倚楼所见远景,次写倚楼所见近景。"新烟"两句,念及西湖风光之好。"犹记得"两句,念及旧居之适。下片抒情,纯以咏叹出之。"愁余"四句,叹己之飘流无定。"空自觉"两句,叹己之日愈销减。"长疑"两句,叹别久无书。末句,就无书反诘无梦,层层深婉。

八声甘州

辛卯岁,沈尧道同余北归,各处杭、越。逾岁,尧道来问寂寞,语笑数日,又复别去,赋此曲,并寄赵学舟。

记玉关踏雪事清游,寒气脆貂裘。傍枯林古道,长河饮马,此意悠悠。短梦依然江表,老泪洒西州。一字无题处,落叶都愁。　载取白云归去,问谁留楚佩,弄影中洲。折芦花赠远,零落一身秋。向寻常野桥流水,待招来、不是旧沙鸥。空怀感,有斜阳处,却怕登楼。

此首追念北游寄怀故人之作。起两句,记当年北游之豪情。"傍枯林"三句,记北游之地。五句一气直下,气象苍莽。"短梦"两句,折到南归,无限酸辛。"一字"两句,使题叶事赋愁更深。换头,言尧道别去之落寞。"折芦花"五句,极写凄寂无人之感与念远之切。收处与稼轩之"斜阳烟柳"句意相同。举友朋聚散、家国兴衰之感,并收入此结句也。

解 连 环

孤雁

楚江空晚。怅离群万里,恍然惊散。自顾影、欲下寒塘,正沙净草枯,水平天远。写不成书,只寄得、相思一点。料因循误了,残毡拥雪,故人心眼。　　谁怜旅愁茌苒。漫长门夜悄,锦筝弹怨。想伴侣、犹宿芦花,也曾念春前,去程应转。暮雨相呼,怕蓦地、玉关重见。未羞他、双燕归来,画帘半卷。

　　此首咏孤雁。"楚江"两句,写雁飞之处。"自顾影"三句,写雁落之处。"离群"、"顾影",皆切孤雁。"写不"两句,言雁寄相思,写出孤雁之神态。"料因循"两句,用苏武雁足系书事,写出人望雁之切。换头,言雁声之悲。"想伴侣"三句,悬想伴侣之望己。"暮雨"两句,言己之望伴侣。末以双燕衬出孤雁之心迹。

月 下 笛

孤游万竹山中,闲门落叶,愁思黯然,因动"黍离"之感。时寓甬东积翠山舍。

万里孤云,清游渐远,故人何处。寒窗梦里,犹记经行旧时路。连昌约略无多柳,第一是、难听夜雨。漫惊回凄悄,相看烛影,拥衾无语。　　张绪。归何暮。半零落依依,断桥鸥鹭。天涯倦旅。此时心事良苦。只愁重洒西州泪,问杜曲、人家在否。恐翠袖、正天寒,犹倚梅花那树。

此首起句不平,飘然而至,记个人今日之孤游。"寒窗"两句,忽折入,记旧时同游之人。"连昌"两句,记山中夜雨之感。"漫惊回"两句,记山中无眠之苦。换头,伤归迟。"天涯"两句,伤羁旅。因人不在,而忆及同游;因雨难听,而不能安眠;因归迟,而感羁旅。一气贯下,步步扣紧。"只愁"两句,揭出怀人之意,与篇首呼应。末承上设想故人之清高,不改初志。

王沂孙

天　香

龙涎香

孤峤蟠烟，层涛蜕月，骊宫夜采铅水。汛远槎风，梦深薇露，化作断魂心字。红瓷候火，还乍识、冰环玉指。一缕萦帘翠影，依稀海天云气。　　几回殢娇半醉。剪春灯、夜寒花碎。更好故溪飞雪，小窗深闭。荀令如今顿老。总忘却、尊前旧风味。漫惜馀薰，空篝素被。

此首咏龙涎香，上实下虚，语语凝炼，脉络分明，旨意当有寄托。"孤峤"三句，言龙涎产地。"汛远"三句、言采之制香。"红瓷"两句，言焚香之具与香之形状。"一缕"两句，写香气散漫。此上片将香之始末俱已写尽。下片乃提空另写，逆入旧事。"几回"两句，忆昔日焚香之时；"更好"两句，忆昔日焚香之地。"荀令"两句，跌转今情，纯学白石"何逊而今渐老，都忘却、春风词笔"句法。末以惜香之意作结。

眉妩

新月

渐新痕悬柳,淡彩穿花,依约破初暝。便有团圆意,深深拜,相逢谁在香径。画眉未稳。料素娥、犹带离恨。最堪爱、一曲银钩小,宝帘挂秋冷。　　千古盈亏休问。叹慢磨玉斧,难补金镜。太液池犹在,凄凉处、何人重赋清景。故山夜永。试待他、窥户端正。看云外山河,还老桂花旧影。

　　此首,上片刻画新月,下片就月抒感。起三句,写新月极细,"新痕"、"淡彩"、"初暝",皆不能分毫移动,一"渐"字传神亦佳。"便有"三句,用李端诗意,言人拜新月。"画眉"两句,体会新月似离恨。"最堪爱"两句,更特写新月之美。换头句,纵笔另开,词旨悲愤。新月难圆,即寓金瓯难整之意。"太液池"两句,吊月怀古,不尽凄恻。"故山"两句转笔,望明月之圆。末句,拍合上句,伤心月照山河,馀恨无穷。

齐 天 乐

蝉

一襟馀恨宫魂断,年年翠阴庭树。乍咽凉柯,还移暗叶,重把离愁深诉。西窗过雨。怪瑶佩流空,玉筝调柱。镜暗妆残,为谁娇鬓尚如许。　　铜仙铅泪似洗,叹移盘去远,难贮零露。病翼惊秋,枯形阅世,消得斜阳几度。馀音更苦。甚独抱清商,顿成凄楚。漫想薰风,柳丝千万缕。

　　此首咏蝉,盖咏残秋哀蝉也。妙在寄意沉痛,起笔已将哀蝉心魂拈出,故国沧桑之感,尽寓其中。"乍咽"三句,言蝉之移栖,即喻人之流徙。"西窗"三句,怪蝉之弄姿揭响,即喻人之醉梦。"镜暗"两句,承"怪"字来,伤蝉之无知,即喻人之无耻,真见痛哭流涕之情矣。换头,叹盘移露尽,蝉愈无以自庇,喻时易事异,人亦无以自容也。"病翼"三句,写蝉之难久,即写人之难久。"馀音"三句,写蝉之凄音,不忍重听,即写人之宛转呼号,亦无人怜惜也。末句,陡着盛时之情景,振动全篇。太白《越中怀古》有"宫女如花满春殿,只今惟有鹧鸪飞"诗,盖上极盛而下极哀,而此则上极哀而下极盛,反剔一句,亦自警动。

长亭怨慢

重过中庵故园

泛孤艇、东皋过遍。尚记当日,绿阴门掩。屐齿莓苔,酒痕罗袖事何限。欲寻前迹,空惆怅、成秋苑。自约赏花人,别后总、风流云散。　　水远。怎知流水外,却是乱山尤远。天涯梦短,想忘了、绮疏雕槛。望不尽、冉冉斜阳,抚乔木、年华将晚。但数点红英,犹识西园凄婉。

　　此首过故园有感。起处叙事,用直起法。"尚记"两句,即逆入,回忆前游之地。"屐齿"两句,回忆前游之人。"欲寻"两句,承上言地已改观。"自约"两句,承上言人已分散。换头宕开,叹人去之远。"天涯"两句,叹人不归来。"望不尽"两句,叹盛时难再。末言花落园空,无限伤感。

后　记

　　清人周济、刘熙载、陈廷焯、谭献、冯煦、况周颐、王国维、陈洵等论唐宋人词，语多精当。惟所论概属总评，非对一词作具体之阐述。近人选词，既先陈作者之经历，复考证词中用典之出处，并注明词中字句之音义，诚有益于读者。至对一词之组织结构，尚多未涉及。各家词之风格不同，一词之起结、过片、层次、转折，脉络井井，足资借鉴。词中描绘自然景色之细切，体会人物形象之生动，表达内心情谊之深厚，以及语言凝炼，声韵响亮，气魄雄伟，一经释明，亦可见词之高度艺术技巧。

　　余往日于授课之暇，曾据拙重大之旨，简释唐词五十六首，宋词一百七十六首。小言詹詹，意在于辅助近日选本及加深对清人论词之理解。

唐圭璋记

知识链接

【文学常识】

一、作家介绍

唐圭璋(1901—1990),字季特,号梦桐,江苏南京人。1922年,进东南大学,曾从吴梅先生习词曲之学。后历任中央大学、南京师范大学教授,中国韵文学会会长,国务院古籍整理出版规划小组顾问。

唐圭璋先生在词学的各个方面,都有极高的成就。在词的创作方面,撰有《南云小稿》、《梦桐词》。其词反映中华民族不屈不挠的斗争精神,抒写国难家愁、生离死别之痛,尤为一往情深,婉转有致。在词学理论方面,继承发扬"常州派"的风雅比兴传统,并在常州派词学理论的基础上,提出"雅婉厚亮"四字作词论词纲领。在词学研究方面,提出"以古证古"、"将心比心"的研究方法,倡导将创作和研究相结合,注重文献资料的搜集整理与考证,著有《宋词三百首笺注》、《南唐二主词汇笺》、《宋词四考》、《词学论丛》等。在词学资料的汇编整理方面,编有《全宋词》、《全金元词》、《词话丛编》等。

二、作家评价

　　圭璋此书,洵词林之巨制,艺苑之功臣矣。且圭璋复有《全宋词》之辑,潜搜专集,旁及金石方志之书,暝写晨抄,逾历年载。杀青将竟,付梓有期。它日书出,与此编兼行,不尤为词林之盛事哉。

——吴梅:《词话丛编序》,唐圭璋纂《词话丛编》,中华书局1986年版卷首

　　江宁唐子,文采有斐。雅素具于席珍,潜辉蕴乎和璧。以学文之馀力,汇说词之巨观,将欲羽翼风骚,恢张翰墨。集兹狐腋,腴彼侯鲭。绍雠校于刘、班,扩传笺于毛、郑。

——王易:《词话丛编序》,唐圭璋纂《词话丛编》,中华书局1986年版卷首

　　唐师梦桐公承端木埰—王鹏运、朱祖谋、仇埰—吴梅一系治词,亦常派之传人。先师曾"据拙重大之旨"成《唐宋词简释》一书,又自创"雅婉厚亮"四字词论,于常派词论,堪称总结。其中雅、厚、亮皆直接取自常派后学,婉则是对常派词论的一个补充。

——朱崇才:《词话史》,中华书局2006年版

三、作品评价

　　李太白〔菩萨蛮〕(平林漠漠烟如织)、〔忆秦娥〕(箫声咽):

二词为百代词曲之祖。

——《唐宋诸贤绝妙词选》卷一评语,《四部丛刊》影明刻本

东坡云,世言柳耆卿曲俗,非也,如〔八声甘州〕云"霜风凄紧,关河冷落,残照当楼",此语于诗句,不减唐人高处。

——赵令畤:《侯鲭录》卷七,《四库全书》本

欧阳永叔〔浣溪沙〕云:"堤上游人逐画船,拍堤春水四垂天,绿杨楼外出秋千。"此翁语甚妙绝,只一"出"字,是后人着意道不到处。

——赵令畤:《侯鲭录》卷八,《四库全书》本

鲁直云,东坡居士曲,世所见者数百首,或谓于音律小不谐,居士词横放杰出,自是曲子缚不住者。

——赵令畤:《侯鲭录》卷八,《四库全书》本

四、关于唐宋词

"唐宋",作为历史学的常见概念,是指从唐到宋,即唐、五代、北宋、南宋四个历史时期,其中五代至北宋初,又包含"南唐"等地方割据政权。词,是诗歌大家庭中的一种文体,是从唐代中期开始兴起的一种歌曲,当时的名称叫做"曲子词",后来简称"词"。到了唐代后期温庭筠时代,词体正式成为一种独立的文体。五代时期,词体兴盛,五代人赵崇祚将晚唐五代风格相近的词作编成一本词集,叫做《花间集》。中华书局出版有《全唐五代词》,收录词作2000多首。到了北南两宋时期,词体更为

繁荣。唐圭璋先生编有《全宋词》，收录词作者1400多人，词作20000多首。唐宋词是中国古典文学的一座艺术高峰。

五、关于《唐宋词简释》的成书过程

　　唐圭璋先生《唐宋词简释》的写作和成书，经过了长时间的酝酿。《唐宋词简释》是唐先生在研究和教授词学的过程中，在《宋词三百首笺注》、《宋词作法概说》、《南唐二主词汇笺》、《稼轩词释》等词学论著的基础上写成的。从上世纪30年代初起，唐圭璋先生作《宋词三百首笺》，1934年由神州国光社出版。在此基础上，唐先生补充了大量的注释，撰成《宋词三百首笺注》，由中华书局上海编辑所1958年出版。《宋词三百首》是清末民初词学家朱彊村先生的一个宋词选本。《宋词三百首笺注》是在《宋词三百首》的基础上，增加"笺"和"注"，以便于读者阅读理解。《宋词三百首笺注》可以说是词学史上影响最大的一个选本。这个选本后来还有上海古籍出版社1981年版、人民文学出版社2005年版。《唐宋词简释》与《宋词三百首笺注》可以相互补充、相互阐释。从选本的角度来说，《宋词三百首》以"格致浑成"为选词标准，而《唐宋词简释》则以"拙重大"为选词标准。"拙重大"正是"格致浑成"的一个具体体现。从笺注阐释的角度来说，《宋词三百首笺注》着重于介绍作家，注释语词、典故；而《唐宋词简释》则省略了对于作家的介绍和对于语词、典故等内容的注解，只针对全首词的结构和意境进行阐释，而这正是《宋词三百首笺注》所没有的。

【要点提示】

一、关于"重拙大"

况周颐《蕙风词话》卷一说："作詞要有三要,曰重、拙、大。"况周颐的论词主旨"重拙大",来源于清末端木埰和王鹏运两位词人。宋、金、元以"小词"为名,以轻巧为本色。况氏高举"重拙大"的旗帜,一扫历代词话本色当行之旧说,在词学发展史上无疑是一次大胆的标新立异。

什么是"重拙大"呢？况解释说："重者,沉着之谓。在气格,不在字句。"(《蕙风词话》卷一)"沉着者,厚之发见乎外者也。"(《蕙风词话》卷二)。沉着来自自然："纯任自然,不假锤炼,则'沉着'二字之诠释也。"(《蕙风词话》卷一)释"拙"云："拙不可及,融重与大于拙之中,郁勃久之,有不得已者出乎其中而不自知,乃至不可解,其殆庶几乎。犹有一言以蔽之:若赤子之笑啼然,看似至易,而实至难者也。"(《蕙风词话》卷五)拙不是笨,不是呆,而是出于本心之自然。求拙,则须自然浑成,不可刻意为之。"大"字,况周颐没有解释。近代词人夏敬观认为："不申言大字,其意以大字则在以下所说各条间。余谓重拙大三字相连系……析言为三名辞,实则一贯之道也。"(《蕙风词话诠评》)

重拙大的最高概括,在于"穆"之一境："词有穆之一境,静而兼厚、重、大也。"(《蕙风词话》卷二)。穆,即陶渊明之境,亦即自然而然之境。重、拙、大、深、朴、静、厚、穆,在《蕙风词话》中屡屡述及,其间相互联系,相互为用,亦可相互阐释。

二、上景下情的词体结构

常见的词体结构,是上片写景,下片言情。如苏轼〔永遇乐〕(第104页):

> 明月如霜,好风如水,清景无限。曲港跳鱼,圆荷泻露,寂寞无人见。纭如三鼓,铿然一叶,黯黯梦云惊断。夜茫茫、重寻无处,觉来小园行遍。　　天涯倦客,山中归路,望断故园心眼。燕子楼空,佳人何在,空锁楼中燕。古今如梦,何曾梦觉,但有旧欢新怨。异时对、黄楼夜景,为余浩叹。

《唐宋词简释》解释说:"上片,述梦与夜景;下片,述寻其地之感。"我们在欣赏这些作品的时候,首先要注意,上片之景与下片之情,是相互映衬相互配合的,有的情况下,景与情的关系不是那么明显,这就需要细细分辨。其次,景和情的分别,多数情况下也不是那么截然分明,通常都是景中有情,情中有景。第三,需要注意的是,词的境界,通常是"情景交融"、浑然一体的,这种境界正是词体的特征之一。

三、词作小序

小序,是词作的有机组成部分,对于理解词作有重要作用。北宋的词作小序,大多比较简要,相当于诗歌的"题目";南宋的小序,特别是姜夔的小序,则详细交代词作的由来或背景,其本身也是优秀的美文。试阅读姜夔〔念奴娇〕(第195页)小序,并将其翻译为现代汉语:

> 余客武陵,湖北宪治在焉;古城野水,乔木参天。余与

二三友,日荡舟其间,薄荷花而饮,意象幽闲,不类人境。秋水且涸,荷叶出地寻丈,因列坐其下。上不见日,清风徐来,绿云自动,间于疏处,窥见游人画船,亦一乐也。揭来吴兴,数得相羊荷花中。又夜泛西湖,光景奇绝,故以此句写之。

【学习思考】

一、王安石〔桂枝香〕词(第 90 页),"门外楼头"、"六朝"、"商女"三句,分别化用了三首唐诗的诗意。试根据"简释"的提示,找出这三首诗的原文,结合这三首诗的涵义,体会这首〔桂枝香〕的怀古之情。

二、从唐宋词中选一首自己喜欢的词,模仿《唐宋词简释》,写一段自己对于这首词的"简释"。

(朱崇才 编写)